一个人，遇见一本书

TopBook
饕书客

楚辞十讲

徐志啸——著

TopBook
饕书客
陕西新华出版传媒集团
陕西人民出版社

图书在版编目（CIP）数据

楚辞十讲／徐志啸著. -- 西安 :陕西人民出版社，2021.9

ISBN 978-7-224-14304-1

Ⅰ. ①楚… Ⅱ. ①徐… Ⅲ. ①楚辞研究 Ⅳ. ①I207.223

中国版本图书馆 CIP 数据核字(2021)第 172295 号

出 品 人：赵小峰
总 策 划：刘景巍
出版统筹：关 宁 韩 琳
策划编辑：王 凌 王 倩
责任编辑：晏 藜 张启阳
封面设计：佀哲峰

楚辞十讲

作　　者　徐志啸
出版发行　陕西新华出版传媒集团　陕西人民出版社
　　　　　(西安市北大街 147 号　邮编：710003)
印　　刷　陕西龙山海天艺术印务有限公司
开　　本　787mm×1092mm　1/32
印　　张　6.75
字　　数　120 千字
版　　次　2021 年 9 月第 1 版
印　　次　2021 年 9 月第 1 次印刷
书　　号　ISBN 978-7-224-14304-1
定　　价　59.80 元

徐志啸（1948— ），复旦大学历史系77本科生，复旦大学中文系79研究生，北京大学中文系86博士生。复旦大学文学硕士，北京大学文学博士。复旦大学中文系教授、比较文学、古代文学双专业博士生导师。中国作家协会会员，中国屈原学会名誉会长。甘肃省首届特聘飞天学者、讲座教授，上海交通大学人文艺术研究院客座教授。已出版学术专著及论文集10多部，发表学术论文近200篇。曾应邀赴美国哈佛、耶鲁、普林斯顿、哥伦比亚大学及日本东京大学等讲学或作学术演讲。

前　言

在中国，只要谈到屈原，几乎是妇孺皆知。这是因为，屈原作为中国历史上最早的大诗人，他的作品流传甚广、影响很大，在中国人的心目中，他不仅象征了中国传统文化精神，也代表了中国古代文学特别是古代诗歌创作成就的高峰，而屈原所创作的以《离骚》为代表的诗歌作品，正是中国文学史早期先秦时代诗歌的重要组成部分——楚辞的核心。屈原与楚辞，两者乃密不可分、紧紧相依的中国传统文化的瑰宝。

说到屈原，中国老百姓必定会首先自然地联想到端午节、吃粽子、龙舟竞渡。

关于端午节

中国传统的端午节，起源于端午文化。每到端午节，中国人总喜好吃粽子、划龙舟、挂蒲叶等，在一般老百姓心目中，都以为这是为了纪念爱国诗人屈原。其实，客观的历史事实并非如此。

端午的习俗起源很早，传统历史文献《荆楚岁时记》中记载，中国在汉代之前，民间即已有五月端午除邪避凶的习俗，特别在长江中下游的两湖地区，这方面的习俗尤为浓厚，当地民众习惯在农历的五月初五，即端午之日，举行祭祀活动，祭祀龙图腾，祭龙祭水，投粽入水，划龙舟等。由于屈原忠君爱民，他的感人事迹在长江中下游地区流传广泛、影响深远，当地百姓为了纪念他投汨罗江自尽的壮举，在每年的端午前后，都要举行各种纪念活动，以表示对这位伟大诗人的深切怀念。久而久之，各地民众就将端午的这些纪念活动，自然与屈原这个伟大诗人联系起来了。

如今，端午节已被确定为法定节假日，其目的，主要是为了继承和弘扬中国传统文化，让优秀的传统文化在今天得到传播和发扬。当然，确定端午节为法定节假日，与韩国人申请联合国教科文组织的世界文化遗产项目“江陵端午祭”有点关系。不过，韩国的端午祭祀与中国的端午节有很大区别——韩国是“江陵端午祭”，他们祭的是山，中国人端午节祭的是水、是龙，两者的祭祀对象完全不同，且围绕祭祀的各种民间活动，也全不相同，两者不可混为一谈；况且，韩国的这个“江陵端午祭”，从本质上来说，乃是中国传统文化流传到朝鲜半岛后的产物，它属于东亚汉文化圈影响的衍生物，是中国古代文化传播到朝鲜半岛后衍生的，这是客观历史事实，谁也否定不了。

关于楚辞

楚辞，是继《诗经》之后，崛起于战国时代，具有浓郁民族和地方特色的诗歌，它承继了《诗经》余绪，融合了先秦时代南方楚地文化特色，独创一体，别具一格，以其浪漫奇谲之形态，在中国诗歌史上闪耀着不朽的光辉，泽被了后世百代诗坛和文坛。

楚辞的名称，西汉初期已有流传，至刘向将屈原、宋玉等人诗歌作品合为一集，编集定名，开始有了作为诗歌总集的《楚辞》。对此，《四库全书总目提要》说：“定名《楚辞》，自刘向始也。”《楚辞》之所以姓“楚”，不光是因为屈原、宋玉等人是出身楚地的楚人，更因为其诗歌所写，“皆书楚语，作楚声，纪楚地，名楚物”。正由于这些诗歌作品大量运用了楚地的民歌样式和方言声韵，载录了楚的风土物产，具备了浓厚的楚地和楚民族的色彩，因而构成了独特的语言和文学风格特色，在《诗经》四言诗格局的基础上，开创了中国诗歌史上的楚辞体——也称骚体的诗歌样式，为后世留下了宝贵的文学遗产。

屈原其人

《楚辞》的主要代表作者——屈原，是中国文学史上第一位以个人作品传世的伟大诗人，他一生为实现自己的理想抱负而奋斗，矢志不渝，百折不挠，表现了一位封建士大夫忠君爱民的气节与人格。司马迁《史记·屈原贾生列传》对他的生平传略做了历史的记载。

屈原名平，字原，战国时代楚国人，大约生于公元前340年，卒于公元前278年，历楚国怀王与顷襄王两个朝代。他出身名门望族，从小“博闻强志，明于治乱，娴于辞令”，早年辅佐楚怀王，颇受信任，任左徒，入则图议国事，出则应对诸侯，制定宪令，改革楚政，力主彰明法度、举贤授能、联齐抗秦，实现楚国一统天下的大业，然却不幸遭朝廷奸臣谗言离间，被去职流放，复起复落，最终未能重返故都。但他壮心不泯，初衷不改，悲愤至极，最终投身江河，以身殉理想。为表述自己的理想抱负和向君主表示忠心，抒发满腔的激情和对理想的不懈追求，屈原写下了一系列的诗歌作品——《离骚》《九歌》《天问》《招魂》等，这些诗歌，是屈原心声的真实吐露，是他毕生经历的历史再现，也是他人格精神的集中体现，它们艺术地展示了这位历史文化伟人的崇高形象。这些诗歌作品，创立了独特的诗体形式，熔《诗经》、楚地民歌、先秦诸子散文和神话传说于一炉，在充分吸收楚地民间文化和文学形式的基础上大胆创新，开创了中国诗歌历史的新纪元，其中尤其是《离骚》一诗，语言奇美，想象奇特，构思奇谲，融历史、神话、传说于一体，塑造了高大伟岸的主人公形象，展现了浪漫主义风格色彩，成为中国诗歌史上的一篇绝唱。

屈原的作品

对于屈原传世作品的真伪，历来学界争议较多。据司马迁《史记》所载，《离骚》《九歌》《天问》《招魂》及《哀郢》应该属于可信之作，到刘向父子编著《七略》及班固撰《汉书·艺文志》，载录屈原作品 25 篇，究竟具体应该是哪 25 篇，历代学者产生了歧异之见。依据现存最早的著录屈原与楚辞作品的集子——东汉王逸的《楚辞章句》，25 篇屈原作品是：《离骚》(原书题为《离骚经》)、《九歌》(包括《东皇太一》《云中君》《湘君》《湘夫人》《大司命》《少司命》

《东君》《河伯》《山鬼》《国殇》《礼魂》)、《天问》《九章》(包括《惜诵》《涉江》《哀郢》《抽思》《怀沙》《思美人》《惜往日》《橘颂》《悲回风》)、《远游》《卜居》《渔父》。但是这些诗篇中，有些曾被怀疑是否为屈原的作品，如《九章》中的部分作品，以及《远游》《卜居》《渔父》等，为此，历代学者各执己见，聚讼不已。由于缺乏确凿的资料，对这一争论难以下准确的判断，一般还是以《汉书·艺文志》的25篇为据。《楚辞》集子中收录的诗歌作品，除屈原作品外，还有宋玉的《九辩》，此外，王逸注本中，还收录了包括唐勒、景差的作品，以及贾谊、淮南小山、东方朔、严忌、王褒、刘向、王逸等人的拟骚作品。从王逸《楚辞章句》可以知道，古代载录《楚辞》的本子还有《楚辞释文》，其所录楚辞作品之篇序与王逸的本子有所不同，此尚待加以考证。

历代的楚辞研究

《楚辞》问世以后，自汉代开始，便有了模拟仿效之风，尤其两汉时代，拟骚诗盛行，一时蔚成风气。其中较有代表性并被收入《楚辞》注本的主要是：贾谊《惜誓》《吊屈原赋》(各本不一)，淮南小山《招隐士》、严忌《哀时命》，以及王褒《九怀》、刘向《九叹》、王逸《九思》等。这些诗篇大多从哀怜同情屈原身世际遇出发，抒发个人内心情感，有的结合了自己的身世遭遇，感喟社会历史和人生的不测。一般来说，这些诗篇虽说内容情感乃至艺术表现均无法与屈原作品相比，但它们毕竟有意模仿屈原作品，其思想内容和艺术表现上多少还有可取之处，故而在文学史上也能记下一笔。

从汉代开始，研究屈原和注释《楚辞》作品渐成风气——从西汉司马迁、扬雄到东汉班固、王逸，都对屈原和《楚辞》或撰写传略，或评论其人，或注释其作品，但他们在认识观点上有所不同，有的甚至完全对立。如王逸与班固，对屈原的评价褒贬完全不同。王逸《楚辞章句》高度肯定屈原，且该书乃历史上第一部全面注释《楚辞》的标志性著作，而班固虽然承认屈原作品的艺术成就，却对屈原其人的人格品行予以贬抑。概括地看，楚辞研究在两千多年的学术史上曾出现过四次高潮：两汉、南宋、清代及现代（“五四”迄今）。其代表性著作为：西汉司马迁《史记·屈原贾生列传》，东汉王逸《楚辞章句》，南朝齐梁刘勰《文心雕龙·辨骚》，南宋朱熹《楚辞集注》、洪兴祖《楚辞补注》（补王逸《章句》），明代汪瑗《楚辞集解》，清代王夫之《楚辞通释》、林云铭《楚辞灯》、蒋骥《山带阁注楚辞》和戴震《屈原赋注》。到现代，则有梁启超、闻一多、郭沫若、游国恩、姜亮夫、陈子展、林庚、汤炳正等著名学者，将传统学术与现代意识相结合，一系列研究成果由此问世，推动了楚辞研究向纵深方向的拓展。

目　录

第一讲　楚辞生成的历史与文化背景

楚辞作为先秦诗的一个重要组成部分，在《诗经》之后崛起于战国时代，它承《诗经》之余绪，而又独创一体，别具一格，在先秦诗坛上以其浪漫奇谲之形态展示了卓异的风采，在中国诗歌史上闪耀着不朽的光辉。

楚辞的诞生有其历史与文化背景条件，并非诗人屈原突发异想，一朝而成。探讨其历史与文化背景条件，极利于我们对楚辞的深入了解和对文学史上新文学样式产生规律的掌握，这在我们了解和把握中国古代文学时十分必要的。

从落后的“荆蛮”到强盛的“楚霸”

促使楚辞产生的各种因素在屈原时代的形成，很大程度上与楚国早期的兴盛史有关，因而，了解并探讨楚国在怀王之前走过的历程，对把握楚辞的生成很有裨益。

楚在屈原之前的历史，大致可以分为两个阶段：先楚至楚成王(前671—前626年在位)，作为南方一弱小“蛮夷”，始与殷商往来，继受周天子分封，立楚国(约在前11世纪)，此时为“荆蛮”时期。楚成王之后，由于楚人长期奋斗和楚君励精图治，征伐周围列国，政治、经济、军事均渐臻强盛，进入了“楚霸”阶段，霸势基本维持到怀王(前328—前299年在位)前期。

让我们先看“荆蛮”时期。

对这一时期，首先遇到的问题是楚由何人所建，也即楚早先由什么地方的人群所组成。对此，学界历来有争议，计有东来说、西来说、北来说与土居说四种。东来说认为，楚人原居淮河下游，后沿长江西上，定居江汉间；西来说以为，楚、夏原同祖，后楚人由陕西东部迁入今楚地(长江中游一带)；北来说主张，楚人由北向西南发展，后移居汉水之南；土居说则认为，楚人系土生土长于长江中下游地区。范文澜先生在《中国通史》中对这个问题阐述了如下见解：

居住在南方的人统被称为“蛮族”。其中九黎族最早进入中部地区。……蚩尤是九黎族的首领，兄弟八十一人，即八十一个氏族酋长。……九黎族驱逐炎帝族，直到涿鹿，后来炎帝族联合黄帝族与九黎族在涿鹿大械斗，蚩尤请风伯雨师作大风雨，黄帝也请天女魃下来相助。这些荒诞的神话，暗示着这一场冲突非常激烈，结果蚩尤斗败被杀。九黎族经长期斗争后，一部分被迫退回南方，一部分留在北方，后来建立黎国，一部分被炎黄族俘获，到西周时还留有“黎民”的名称。①

那部分退回南方的人仍不服，帝尧时，“三苗在江淮、荆州数为乱”(《史记·五帝本纪》)。“诸侯有苗氏，处南蛮而不服，尧征而克之于丹水之浦。”(《帝王世纪》)这里，“三苗”即“有苗”，与楚人属同一祖源，所居之地与楚地同属一个区域。又据《国语·楚语》的记载可知，重黎是楚人的先祖，三苗从黎氏发展而来，是重黎的另一支重要后裔，这就证明了楚和三苗的祖源都是重黎，而重黎是颛顼的后代。“高阳者，黄帝之孙，昌意之子也。高阳生称，称生卷章，卷章生重黎。”(《史记·楚世家》)这正与《离骚》中所述“帝高阳之苗裔兮”相合。换言之，上述文献说明，楚人属于“土居”——土生土长于长江中下游地区的“蛮夷”。

考古发现也可对此予以佐证：“江汉流域具有南方特色的新石器时代的大溪文化、屈家岭文化，……晚于屈家

① 范文澜：《中国通史》第一册，北京：人民出版社，1964年，第89页。

岭文化的一个受中原文化影响而又有长江中游原始文化的湖北龙山文化”，这些文化，“在地层上有直接的叠层关系和文化内涵的承继关系”，它们的“文化遗址分布的主要范围，恰好与楚文化的范围大体一致”，“很可能是楚的原始阶段，即楚的先身”。①

由此，我们可以大致推断：长期生活于南方的落后民族楚，因发展迟缓，原始远古传统保存较多，致使其文化（包括文学作品《楚辞》）具有浓郁的民族与地方特色；同时，楚由楚人自己所建，不同于北方的发展史，因而相当长时期内，它不断遭受到北方的歧视、欺凌与征伐，这在客观上促成了楚人的发愤图强，这与楚辞的题材内容又发生了一定的内在联系。

楚与北方的关系，即楚受歧视、遭征伐的历史，大致上可以分为两个阶段。第一阶段，殷商时期。其时，楚与殷商开始有往来，但这种往来，常常是楚遭欺凌。《诗经》的《商颂·殷武》记载了居住在南方的楚人受到欺凌、遭到挞伐的遭遇，他们不得不向北方的殷商进贡。朱熹《诗集传》的注释中也有类似记载。这是第一阶段的情况。

---

① 高至喜、熊传新：《楚人在湖南的活动遗迹概述》，《文物》1980 年第 10 期。

第二阶段，西周时期。《史记·楚世家》记载，鬻熊是楚国早期君主之一，他这个时期正值周文王时，已被人称为“子”，并以“子”的身份、地位归附并服侍周。这种状况，出土文物亦有佐证。1977年陕西岐山周原遗址出土的西周初年的甲骨中，有“曰今秋楚子来告”的记载，其中，“楚子”即楚人。到周成王时，楚君主熊绎正式接受周的封号，《史记·晋世家》记载，封熊绎于楚蛮，姓芈氏，居丹阳。但这种受封，实际上还只是一种形式，当时楚仍然受北方歧视，最明显的例子，就是“与鲜牟守燎”。《国语·晋语》记载，昔日周成王与诸侯会盟于岐阳，楚因为是荆蛮，只能安置茅蕝，设立望表，与鲜牟族一起守燎，不能参加盟会。[①]《诗经》的《小雅·采芑》篇所写也说明，作为荆蛮的楚，当时的地位十分低下。楚人的这种境遇，促使他们不得不发愤图强，以改变自己的地位与待遇。于是，楚早期的几位先君熊绎、若敖、蚡冒等，便率楚人“辟在荆山，筚路蓝缕，以处草莽”(《左传·昭公十二年》)。“训之以若敖、蚡冒，筚路蓝缕，以启山林。箴之曰：民生在勤，勤则不匮。”(《左传·宣公十二年》)

---

①此“鲜牟”，即根牟，东夷族，别本误作“鲜卑”。参见杨宽《西周时代的楚国》，载《江汉论坛》1981年第5期。

到“荆蛮”阶段的最后时期，即西周晚期，楚与周的往来较为频繁，周穆王三十七年（约前940），“荆人来贡”，周厉王元年（约前877），“楚之来献龟贝”。[1] 不过，此时的楚，已今非昔比了，不再是过去常受欺侮的弱邦，羽翼已渐渐丰满了。周昭王（约前995—前977）时，昭王亲率军队向南征伐楚国，结果六师尽丧，昭王本人也溺水而死。周穆王（约前976—前922）时，又南征，毫无战果。而楚国在周夷王（约前885—前878）时，江汉间民气和睦，兴兵伐庸和扬粤之地，到达了鄂，并立长子、中子、少子分别为江汉间楚蛮之地的王（《史记·楚世家》）。到熊渠以后，楚又征伐四周小国，楚武王、文王（前740—前677）时，楚开始逐步强盛，结束了“荆蛮”阶段，从此站立起来了。

楚的这一“荆蛮”阶段的历史，既反映了它与北方往来的历史——其中多半是楚因弱小而受欺凌，同时在往来过程中也增进了南方与北方各方面的交流，这对楚接受北方文化无疑起到了一定的作用——虽然这只是一种客观上的“副产品”。

再看“楚霸”时期。

---

①［清］董丰垣：《竹书纪年辨证》卷三。

如果说，第一阶段的“荆蛮”时期，对楚辞形成其鲜明的民族与地方特色，并融入北方文化成分起了一定的作用，那么，第二阶段的“楚霸”阶段，则为楚辞的内容与题材的形成提供了必要的素材。

从楚成王开始，楚进入了一个新的阶段。据《史记·楚世家》记载，从楚成王到楚庄王（前613—前591），楚的势力迅速发展，日趋鼎盛。楚成王先后征伐了许、英、黄、宋等小国，逐步扩大了自己的地盘。到楚庄王时，楚几乎全部消灭了周天子在江汉一带的诸侯，其时的楚，已“南卷沅湘，北绕颍泗，西包巴蜀，东裹郯邳。颍汝以为洫，江汉以为池，垣之以邓林，绵之以方城”（《淮南子·兵略训》）。可以说，楚此时已几乎可以与周室分庭抗礼了。

楚国的强大以楚庄王问鼎最说明问题。《史记·楚世家》记载，楚庄王讨伐陆浑戎，到洛地，观兵于周郊，周定王派王孙满慰劳楚庄王，楚庄王趁机问鼎的大小轻重，这在当时，绝对属于侵犯王权之举。王孙满回答说：“在德不在鼎。”楚庄王居然说：“子无阻九鼎！楚国折钩之喙，足以为九鼎。”其口气如此之大，对周天子及象征周朝的鼎如此之藐视，实在是因为楚庄王时的楚国，国势已强大到足以问鼎了——此时的楚，确已成了天下一霸，“地方六千余里，带甲百万，车千乘，骑万匹，粟支十年，此霸王

之资也”。(《资治通鉴·周纪》)

楚国为何能在较短时间内，迅速由当年的落后弱小的“荆蛮”，发展到如今的敢于问鼎之强？从多方面考察，大约有以下几方面原因：

其一，楚人早期即已开始在君主熊绎、若敖、蚡冒等人率领下“跋涉山林”，艰苦奋斗，发愤图强。

其二，楚在100多年内四出征战，吞并诸侯小国，使自己的疆域大大扩展，辽阔的幅员为楚的发展提供了雄厚的物质基础，从而成了“南有桂林之饶，内有江湖之利；左陵阳之金，右蜀汉之材；伐木而树谷，燔莱而播粟；火耕而水耨，地广而饶财”。(《盐铁论·通有》)

其三，对那些被征服的小国实行了“安抚”“和协”政策，存其宗庙，用其贤能，抚其臣民，宽容蛮夷，并在此基础上首建了中央集权下的行政区域县。①

其四，楚史上出现了一些贤明君主，如楚庄王、楚悼王等，这是楚强盛的重要因素之一。楚庄王任贤纳谏、治国有方，楚悼王任用吴起变法，均属促使楚强盛的有力措施。

其五，楚逐步强盛的历史过程，正值北方周王室逐步

---

①［清］洪亮吉：《春秋时以大邑为县始于楚论》，《更生斋文甲集·春秋十论》。杨范中、祝马鑫：《春秋时期楚国集权政治初探》，《江汉论坛》1981年第4期。

走向衰微，由此，周王室统治力削弱，无暇也无力顾及南方，致使楚乘机迅猛发展。

其六，楚族不断开疆拓土，力求建立夷夏混一的大国，这极有助于民族的融合和社会的发展，从而促使楚迅速繁荣。

从以上楚由弱小之邦逐步发展到强盛的历史发展过程中，我们可以发现，它与楚辞的产生及其内容和主题的构成，都有着比较重要的关系，试分析如下——

首先，楚人为什么会具有不同于其他民族的强烈的民族自尊心与民族自豪感？屈原为什么会在其作品(《楚辞》)中表现出异乎寻常的热爱楚国的激情？这很大程度上与楚人曾长期遭受欺凌、歧视，并由此而发愤图强、竭力奋斗，使楚由弱变强有密切关系。正因为楚人是从昔日受歧视的“荆蛮”弱邦逐步强盛起来的，因而他们对自己故土的感情便显得分外深挚、强烈，非他国他族之民可以相比，这也就是为什么屈原会写出《橘颂》《国殇》乃至《离骚》等篇的原因——实在是借此充分抒发楚人及他本人爱楚的浓烈情感。

其次，也正由于楚国历史上曾有过由弱转强的先例，加以楚所拥有的辽阔疆域、丰饶物产，才相当程度上催萌了屈原希图由楚来统一天下的美政理想，如没有此先决条件，屈原恐怕很难产生这美好理想并为之奋斗努力。

再次，楚国历史上曾出现过贤明君主，他们为楚国的强盛做出过贡献，这也在相当程度上启发、开导了屈原，致使他在作品中多次提到历史上(包括楚史上)的贤明君主；同时，这又是使他将理想的实现寄予君主身上的重要原因，直至自沉汨罗江，也还是以死为谏，从而写下了悲壮的一章。

另外，楚在逐步强盛过程中曾征伐、吞并四围许多小国，这些小国归附楚后，其风俗文化无疑同时传导给了楚人，这对楚文化来说，自然是增添了内容，丰富了色彩，而这种增添和丰富，多少也影响到了《楚辞》。

生机勃勃的楚文化

楚辞的产生，与楚的历史发展的确有关，但同时也与屈原所处楚地的文化背景密切相关。楚文化是一种独特的、包孕多彩因子的文化，它为楚辞的孕育提供了良好的土壤条件。

从广义角度言，自然环境、地理条件，也属文化背景范围，楚国在这方面有着得天独厚的优越条件。楚辞的诞生，相当程度上是仰仗了这一优越条件，故而刘勰说："若乃山林皋壤，实文思之奥府，略语则阙，详说则繁。然则屈平所以能洞监《风》《骚》之情者，抑亦江山之助乎？”（《文心雕龙·物色》）这段话的意思就是，山林皋壤，能催人生发文思，能使人萌发诗兴，屈原之所以能有撰写楚辞作品的情感，乃是借助了江山的魅力。郭沫若先生则说得更直接，他说：“屈原是产生在巫峡邻近的人，他的气魄的宏伟、端直而又娓婉，他的文辞的雄浑、奇特而又清丽，恐怕也是受了些山水的影响。”①

那么，楚地的山川形胜究竟如何呢？王夫之《楚辞通释》的《序例》说得较形象具体：“楚，泽国也，其南沅湘之交，抑山国也。叠波旷宇，以荡遥情。”陈钟凡的《中国韵文通论》中说得更富文采：“荆楚为西南之泽国，实神州之奥区，东接庐淝，西通巫巴，南极潇湘，北带汉沔，仰眺衡岳、九嶷、荆、岘、大别之峻，俯窥湘、沅、资、澧、洞庭、彭蠡之浸，山林蓊郁，江湖浚阔，溪流湍激，崖谷嵚崎，山川之美，超乎南朔，缘此风俗人情，蒙其影响，遂以下列诸事，特著于载籍焉：民丰土闲，无土山，无浊水。人秉是气，往往清慧而文；山川奇丽，人民俯仰其间，浣濯清远，爱美之情特著；民狃于山泽之饶，无饥寒冻馁之虑，人间实际生活，非所顾虑，如骋怀闳伟窈眇

---

①郭沫若：《屈原研究》，《历史人物》，北京：人民文学出版社，1979年，第20—21页。

之理想境界焉。”楚国的实际山水地理形胜，确如上述两位所言，否则，屈原在其作品中难以展示山川形胜，难以引用众多草木花卉，更难以展开丰富想象，写出《楚辞》作品中诸多引人入胜的楚山楚水，特别如《湘君》《湘夫人》《山鬼》中展示的美妙佳境，使人如临其境，如观其景。

楚地的自然环境不仅触发了屈原的文思，为其创作提供了山水景物，影响导致了他奇丽诗风的形成，且这块土地上生长、出产的丰饶物产，也为楚国经济发展提供了雄厚的物质基础，这是楚国由弱转强的重要经济因素，也从侧面为《楚辞》中描述丰富物产创造了条件。楚地的物产，据《墨子·公输》《汉书·地理志》《战国策·楚策》等记载，计有犀、兕、麋鹿、鱼、鳖、鼋、鼍、长松、文梓、楩、楠、杶、干、栝、柏、厉、砥、砮、丹、旄、齿、革、银、黄金、珠玑等，这还不包括牲畜、谷物类。故而《汉书·地理志》谓：“楚有江汉川泽山林之饶，江南地广，或火耕水耨，民食鱼稻，以渔猎山伐为业，果蓏蠃蛤，食物常足。”其实屈原作品本身也记载反映了楚地物产的丰富，《招魂》《大招》篇中写到的许多饮食物品，不都表明了楚地物产之丰富吗？毫无疑问，这一切，都表明了楚地自然条件对楚文化、楚辞产生的客观影响，同时，它也一定程度上促发了楚人的民族自豪感和民族感情，否则人们难以理解，楚人为何比同时期其他国家的人更热爱自己的故土。

楚文化背景的另一重要反映，是历年在楚地及其周围地区出土的文物考古资料，它们显示了楚文化的主要面貌，是楚国文化发达的标志，也是催萌楚辞产生的肥沃土壤。

能反映楚国风貌的出土文物，主要集中于今日的湖北、湖南、安徽、河南等省，其中尤以长沙、寿春等地为代表。战国时代长沙地区的文化，反映了楚文化的主要特点。长沙楚墓中出土的铁器，种类众多，不仅有斧、锄、铲、削等生产工具，有剑、戟、镞等兵器，还有铁鼎，表明铁器在当时的楚国已广泛使用。早期楚墓还发现铁铲、铁削与陶质鬲、钵、壶共存，说明楚是最早使用铁器的国家。出土的铜器中，可见到镂金，其装饰和造型均呈前所未有的风格，表明楚的金属加工业已相当发达。铜器中，以兵器居多，有剑、矛、戈、铩、镞等，还发现许多造型美观、花纹繁缛的铜镜。据检验，上述铜器均由铜、锡、锌、锑、镍、铁等多种金属合成，反映出当时楚的青铜冶铸技术已有相当高的水平。出土的生活用具如鼎、敦、壶、奁等，一般胎质轻薄，纹饰简朴，漆木器和丝织品工艺精巧，说明手工业也相当发达。从日用品奁盒、羽觞及兵器弓、盾、剑鞘上的漆画可以看出，当时漆工已广泛使用。木工技术也已很进步。巨大的楠木、柏木制成的棺椁采用了复杂的木榫结构。出土的许多琉璃器，如璧、瑗、珠饰以及兵器上的装饰品如剑首、剑珥等，从形状、制式、纹饰、风格均可证实最早的琉璃器不是由外国传入。长沙出土的弩、弩机用铜制成，由牙、钩心、扳机、栓塞组成，工艺水平相当高。1976 年长沙出土一柄铜镡钢剑，经金相考察，属球状珠光体组织，是我国目前发现最早的一柄钢剑。而与钢剑同时出土的铁鼎，据考察，属莱氏体铸铁，表明我国在春秋末期的楚国已发明铸铁。楚境内许多墓葬中还发现了金币、银币（"郢爰"）、铜贝以及称量货币的砝码和天平，这是楚地产金的物证，也是楚经济发展的标志之一。楚墓中还曾发现战国时代最高冶金技术和最精密镶金、雕玉技术相结合的产物——玉具剑。《淮南子 · 兵略训》和《荀子 · 议兵》都记载了楚人用楚地出产的金属制作的兵器，表明楚的国力强盛与其军事力量有关，而军事力量的强大，又与其制造能力，如铸造业、炼铁业、炼钢技术等有关，可见，"只要知道某一民族使用什么金属——金、铜、银或铁——制造自己的武器、用具或装饰品，就可以臆断地确定它的文化水平"①。

① 马克思、恩格斯：《马克思恩格斯论艺术》第一卷，北京：中国社会科学出版社，1982 年，第 37 页。

楚地大量出土的工艺品，包括帛画、缯书、乐器、毛笔、竹简等，反映了楚的高度发达的文化与艺术水平。楚墓出土的漆器、丝织品上绘有许多线条优美、栩栩如生的龙凤纹、几何纹、狩猎纹图案，这些线条与图案反映了楚宗教、风俗方面的内容。抗战期间在长沙东郊杜家坡出土的缯书，是我国发现最早的用毛笔墨书和彩绘的缯帛，缯书上所记古史传说和对天神的崇拜，与《山海经》《庄子》《楚辞》等的记载颇多相合之处。缯书上所写楚人对"天""帝""神"的概念，与中原地区大体相同，某些传说人物，如"炎帝""祝融"等也相同，表明楚文化中渗透了中原文化，它是南北文化交融的印证，可惜此缯书已遭窃，现存美国耶鲁大学图书馆。1973 年 5 月，湖南省博物馆新发现一幅帛画，画面内容表现乘龙升天形象，反映了战国时代盛行的神仙思想，也为《楚辞》中龙的形象提供了渊源线索。后来长沙陈家大山楚墓中又发现一幅帛画，画面表现的也是成仙登天，这又是一个极好佐证。另外，出土文物中还有不少乐器，如石磬、甬钟、铜编钟、排箫等。其中，河南淅川春秋 1 号楚墓出土的钮钟，经鉴定，是我国古代保存至今音色最佳的一套铜制编钟。还有，长沙楚墓出土的兔毫竹管的毛笔，据考证，比秦代蒙恬的毛笔产生时间更早，湖北江陵马山 1 号楚墓出土的大量精美丝绸，几乎包容了战国时代的主要丝织物品种，且质地精良、工艺精巧。

此外，楚国的文化典籍也十分丰富，《梼杌》《三坟》《五典》《八索》《九丘》(见《孟子·离娄》及《左传·昭公十二年》)，均为楚的典籍，王应麟《困学纪闻》说：“及王子朝之奔楚，于是观射父、倚相皆诵古训，以华其国，以得典籍故也。”说明北方典籍也曾南下，丰富了楚的文化资料。楚国的更是人才辈出，洪亮吉《更生斋文甲集·春秋十论》中专门论及楚多人才，其中有百里奚、范蠡、大夫种、老子、老莱子、文子、蜎子、鹖冠子、公孙龙、陈良、长卢、鬼谷子，以及屈原、宋玉、唐勒、景差等，如包括曾居楚或在楚地任职的庄子、荀子等，那真是春秋唯楚多人才了。

以上所述，归总一句：楚文化确实生机勃勃，高度发达，楚辞由其而孕生，理所当然。①

---

① 本节论述参考下列资料：《考古学报》1959 年第 1 期；《文物》1963 年第 9 期，1973 年第 7 期，1980 年第 10 期；《考古》1973 年第 1 期；《文物考古工作三十年》，《中国考古学会第一次年会论文集》等。

第二讲　楚辞——楚地文化的综合产物

巫与神鬼——浓厚的巫风遗存

楚辞之所以姓“楚”，是因为它具有浓郁的楚先民和楚地色彩，这当中，风俗因素是个不可忽视的重要原因。战国时代的南方楚国盛行巫风，它导致楚辞作品深深印上了“巫迹”。

楚盛行巫风，始于何时，我们今日已难以确考，今可见记载楚巫风的最早材料，是《诗经·陈风·宛丘》：“坎其击鼓，宛丘之下。无冬无夏，值其鹭羽。”《陈风·东门之枌》：“东门之枌，宛丘之栩。子仲之子，婆娑其下。”对这两段诗，班固《汉书·地理志》的记载可资参照，清代刘玉汝的《诗缵绪》说得更明白：“《谱》谓歌舞之俗本于大姬。愚谓歌舞祭祀而亵慢无礼，楚俗尤甚，屈原《九歌》犹然。陈南近楚，此其楚俗之熏染欤?”可见，《陈风》二诗所载，乃楚地巫风之一斑。

除《诗经》外，其他记载亦可见楚巫风的情况。《列子·说符》写道："楚人鬼而越人禨。"《国语·楚语》记载说，上古时代，人们之所以会产生人能登天的意识，是因为民间认为祭祀能使神降临，而在请神降临的过程中，施行祭祀的祭祀者，乃是能呼风唤雨的巫师。

《山海经》中记载的巫风材料似更多些。这部书产于楚地，由楚人撰著，虽然成书时汉代人曾增补加工，但它基本上是战国时代的一部神话集子，可以确定无疑。书中，《五藏山经》部分记录了各种祭典与祀奉半人半兽的怪神，这些祭典、祀礼，均与巫术关系密切；《海经》部分叙述了诸巫的各种活动，《海外西经》中的巫咸国，是"群巫所从上下"于天之地，所借助的天梯是登葆山；《海外北经》有蛇巫山，是西王母居住之地；《大荒南经》与《大荒北经》中也有巫的记载，《大荒南经》记有"巫载民"。

此外，《吕氏春秋·侈乐篇》说："楚之衰也，作为巫音。"《隋书·地理志》载："荆州……尤重祀祠之事。"《太平寰宇记》卷一四三载："汉中风俗信巫儿，重淫祀，尤所好楚歌。"

以上简略的引证，说明了楚地盛行巫风的客观事实，同时也证实了王逸、朱熹等人的判断不误。王逸《楚辞章句·九歌序》说："昔楚国南郢之邑，沅湘之间，其俗信鬼而好祠，其祠必作歌舞以乐诸神。”朱熹《楚辞集注·九歌叙》说：“其(楚)俗信鬼而好祀，其祀必使巫觋作乐，歌舞以娱神，蛮荆陋俗，词既鄙俚，而其阴阳人鬼之间，又或不能无亵慢淫荒之杂。”“楚俗祠祭之歌，今不可得而闻矣，然计其间，或以阴巫下阳神，或以阳主接阴鬼，则其辞之亵慢淫荒，当有不可道者。”都说明了楚地盛行巫风的事实。

正因为楚国如此盛行巫风，才使屈原在创作其诗歌作品时大量糅入了巫风色彩，使之产生了奇特的艺术效果。我们试结合具体作品做些阐述。

第一，《九歌》11 篇，除《国殇》是专门哀悼为国捐躯之楚将士的壮歌外，其余 10 篇均为楚巫歌基础上经过艺术加工的作品，它们无论主题、风格、形式，都可见一脉相贯之迹。从《山海经》所云“夏后开上三嫔于天，得《九辩》与《九歌》以下”，并参之以《离骚》“奏九歌而舞韶兮”，《天问》“启棘宾商，《九辩》《九歌》”，我们知道，“九歌”相传久远，它是楚人原始宗教生活中的一种歌舞乐歌，其在楚国的流行，是楚人崇尚巫风的具体表现。王逸说：“屈原放逐……出见俗人祭祀之礼，歌舞之乐，其词鄙陋，因为作《九歌》之曲，上陈事神之敬，下见己之冤结，托之以风谏。”(《楚辞章句·九歌》)说明屈原创作的《九歌》与巫歌有着不可分割的直接的渊源关系。

第二，《招魂》与《大招》两篇，题名不一，实质相类，都是“因国俗，托帝命，假巫语以招之”（朱熹《楚辞集注》）。两篇诗中所写“魂兮归来”“魂乎归徕”句式，是民间巫术招魂的习见语。

第三，《楚辞》中多次出现“灵”字，如《离骚》中的“夫惟灵修之故也”“伤灵修之数化”“怨灵修之浩荡兮”“命灵氛为余占之”，《九歌》中的“灵偃蹇兮姣服”“灵皇皇兮既降”“扬灵兮未极”等。“灵”字，王逸注：“灵，巫也，楚人名巫为灵子。”（《楚辞章句·九歌·云中君》）洪兴祖注：“古者巫以降神，‘灵偃蹇兮姣服’，言神降而托于巫也。”（《楚辞补注·东皇太一》）《说文解字》说：“灵，巫。以玉事神。”王国维《宋元戏曲考》指出：“古之所谓巫，楚人谓之曰灵。……楚辞之灵，殆以巫而兼尸之用者也。其词谓巫曰灵，或谓之灵保。”可见，楚辞中的“灵”字，与巫风巫术关系很密切，许多地方它即是巫的化身或代名词。

第四，《离骚》诗中，诗人展开想象的翅膀，上天入地，求佚女、乘云车、驰天津、使飞廉、入昆仑，漫游神国。这种超乎现实的浪漫主义风格的充分表现，是借助巫术手段，受巫术影响、启发的结果。原始社会时期的宗教巫术活动，有祈祷神一项，祈祷时，人们往往一面诵祭歌，一面念咒语，伴随着歌舞，参加祈祷活动的人们会自然而然地浮生登天之念，意在上天叩见想象中的神。这是古代神仙说所谓的“登遐”，即《远游》中所写：“载营魄而登霞兮，掩浮云而上征。”今“仙”字，古作“僊”，《说文解字》说：“僊，升高也。”可见，古人认为，人升高即可成“僊”(仙)。有关这方面的情况，楚墓出土的文物可资印证。20 世纪 70 年代出土的楚帛画中，有一幅被命名为《人物龙凤帛画》，据考证，画面所表现的是楚人信巫神，展示的是灵魂登天飞仙的思想：“综观全画，天空中左上方有龙，它生动有力，夭矫上腾，作扶摇直上的形态。右上方为凤，苍颈奋起，似欲飞向‘天国’。龙与凤紧相呼应，并与妇人息息相连。而龙凤下方之妇人，站在大地上，侧身向着龙凤而立，面部表情穆肃，宽袖细腰，曳地长袍迎风摆动，她的双手向着已在天空中的升天驾驭之龙凤，显然是在合掌祈求，希望飞腾的神龙神凤引导或驾驭她的幽灵早日登天升仙。”[①]又，1985 年长沙烈士公园发掘的 3 号墓内棺外表丝织物上，图案为刺绣的龙凤，意在引导墓中

---

①熊传新：《对照新旧摹本谈楚国人物龙凤帛画》，《江汉论坛》1981 年第 1 期。

死者灵魂登天飞仙。1973 年长沙子弹库 1 号墓出土的《人物驭龙帛画》，画面上所表现的即为墓主人灵魂驾驭龙升天的情景。1978 年湖北随县发掘的曾侯乙墓，内棺上画有鸟身执戈奋翅的羽人，羽人上方有凤，其意也在卫护死者灵魂升天。以上这些，都充分说明，借龙凤登天飞仙是楚巫风的重要内容之一。

可见，《离骚》的神游天国，绝非屈原主观臆想，而是有所凭据，并在此基础上做艺术想象与发挥。楚辞其他作品中也有表现登天思想的，如《惜诵》云："昔余梦登天兮，魂中道而无杭。吾使厉神占之兮，曰有志极而无旁。""欲释阶而登天兮，犹有曩之态也。"

第五，《离骚》中写三求女，写人神杂糅，也与巫术有关系。原始社会的宗教巫术与男女性爱关系密切，祭祀神祇往往是男女发展性爱的奇佳时机。《诗经·大雅·生民》中写姜嫄出祀郊禖，怀孕而后生后稷，即是一例；《九歌》中人神互恋与祭祀发生联系，也是一例。

第六，《离骚》中屈原写自己"好修"，用香花美草修饰自己，以象征高洁，这种形式，巫风中早有表现。古代祭祀崇尚整洁，每个祭祀者必先沐浴，尔后方可参加祭祀。古人认为，沐浴能祓除不祥，否则神不会降临。《九歌·云中君》："浴兰汤兮沐芳，华采衣兮若英。"王逸注：

“言己将修飨祭以事云神，乃使灵巫先浴兰汤，沐香芷，衣五采华衣，饰以杜若之英，以自洁清也。”(《楚辞章句·九歌》)以香花美草饰身以示高洁的，除《离骚》外，尚有《大司命》的“灵衣兮披披，玉佩兮陆离”，《少司命》的“荷衣兮蕙带”，《山鬼》的“被薜荔兮带女萝”等。毋庸置疑，屈原的修身显然与巫风有一定关系。

第七，选择吉日良辰以示吉祥，也是巫风因素影响的结果。按楚俗，庚寅之日是吉宜日，寅日是男子出生的吉祥日，故而，《离骚》一开首，作者言及自己的生辰时，即说“摄提贞于孟陬兮，惟庚寅吾以降”。以此炫示自己的生辰美。《九歌·东皇太一》写祭祀的时日，也选择吉日良辰：“吉日兮辰良，穆将愉兮上皇。”

屈原作品中既有上述诸多典型而又具体的巫风影响表现，自然有力地说明了楚国巫风的盛行，否则，屈原在创作过程中绝不会受如此濡染、沾溉。那么，人们不禁要问，何以屈原其时的楚国会如此盛行巫风？

其实，作为原始宗教的巫风，并非独盛于南方楚国。上古社会由于生产力极其低下，祈神占卜之风早已弥漫，南北皆然。《尚书·召诰》记载：“有夏服天命。”《论语·泰伯》说：禹“致孝乎鬼神”。说明夏商两代信鬼祀神已蔚成风气。到西周，情况有所变化，信鬼祀神在北方受阻遏，《礼记·表记》说："殷人尊神，率民以事神，先鬼而后礼。……周人尊礼尚施，事鬼敬神而远之"。造成此种情况的原因有二：其一，周公制礼作乐，对祭祀典礼做出了一系列明确规定，制约了巫风的发展蔓延；其二，儒家思想及其学说在北方逐步占了主要地位，孔子不语"怪、力、乱、神"，鄙视神话鬼怪，"文不雅驯，缙绅先生难言之"(《史记·五帝本纪》)。两方面因素导致了巫风难以生存发展，于是逐步被削弱以至消亡。而南方不然，"一则长期处于发展迟缓、生产力低下状态，原始社会的远古氏族传统基本上仍顽固保留，二则北方礼乐制度与儒家思想影响难以波及南方，使南方受制约影响较少，三则南方楚国的历代君主大多信鬼祀神，这便有形无形地助长了巫风的兴盛——君主起了推波助澜的作用"。① 诸种客观因素，导致了楚地巫风久盛不衰，从而使楚辞染上了浓厚的"巫"的色彩。

天国——楚人的宇宙意识

从史料及出土文物中我们发现，居于南方楚地的楚人，较之北方人更早也更多地具有了超越时间与空间的意

① 徐志啸：《楚辞与巫风》，《学术论坛》1985 年第 4 期。

识——宇宙意识，虽然这种意识在从我们今人看来，只能称之为朦胧或萌芽状的，但它在战国时代的华夏诸民族中，已具有了明显的超越性与社会文化基础，并对楚辞产生了重要影响。

首先应当肯定，屈原作品中已充分展示了试图超越人世污浊、远离黑暗、摆脱痛苦、求得人生之解脱与自由，乃至理想永恒的意识①，这种意识，正是意在求得像整个宇宙天际(包括天国神仙)那样永恒、无限的目的，即如其诗中所写"与天地兮同寿，与日月兮齐光"(《涉江》)。这是楚人以整个永恒无限的宇宙作为审美对象的宇宙意识在屈原身上的体现。这种意识，还更多地表现于楚人的工艺品中。从楚地出土的许多文物中我们发现，不少工艺品的造型(漆器)、纹饰(丝织品)、图式(绘画)等，多少表现出了一种令人隐隐能感觉出的宇宙意识——它们都经过了抽象化与超时空化的处理，给人一种不可度量的幻化空间感，从而导致产生超脱感与升腾感。例如湖北江陵雨台山166号楚墓出土的虎座立凤，一只踏在虎座上的凤鸟，昂首展翅，神奇地占据了四围空间，那插在鸟背上的一对鹿角，给观者留下了辽阔空间背景的想象余地。又如湖南长

① 如《离骚》中所表现的。

沙子弹库1号墓出土的帛画——《人物驭龙帛画》，画面上的人物与龙，给人一种漂浮感，使人自然联想到幻化空间之外的宇宙苍穹。再如湖北江陵马山1号墓出土的“凤龙虎纹绣罗禅衣”、江陵战国楚墓出土的圆盒等，它们的造型与纹饰，都能唤起人们一种强烈的鸟兽与云霞在宇宙空间不断翱翔飘飞的动感。①

楚人的这种表现于屈原诗歌及工艺品中的宇宙意识，其来源首先可溯之于他们早期已具有的观象授时的天文知识及其实践。《史记·楚世家》有记载，那时，火正官职的重要职责，是观象授时——观察大火和鹑火的星象。作为楚人的先祖，担任这个官职的就是华夏诸民族中史载最早的天文学家，他们具有丰富的观象授时实践与经验。这无疑早早开拓了楚人窥探宇宙苍穹的视野，丰富了楚人的空间想象，为楚人轻灵升腾感与辽阔空间感的产生奠定了基础。需要指出的是，楚国的职官中还专设了太史、卜尹两职，太史兼为史官与历官，其主要职责之一是掌天文历法，卜尹掌占卜，而占卜往往同星象不可分割——这就足以见出天文星象在当时楚国受重视的程度。

---

①张正明：《楚文化史》，上海：上海人民出版社，1987年，第269页。

特别应当提到的是，战国时代已有了专门观察星辰运行的占星家，他们中有甘德、唐昧、尹皋、石申等，其中，唐昧是楚国人，甘德，《史记正义》引《七录》[1]认为也应是楚国人。甘德曾长期观察、研究天象，精密记录了恒星的位置，编成了恒星表，并著有《岁星经》与《天文星占》[2]。据《史记・天官书》与《汉书・天文志》记载，甘德还创立了二十八宿体系。二十八宿体系的建立，对于天文学、历法学的发展具有重大意义。1978 年，湖北随州擂鼓墩 1 号墓出土的漆箱盖上写有二十八宿星名，其时代虽早于甘、石，但它证明了《甘石星经》记载的可信；而二十八宿能作为装饰性图画而绘于箱盖，说明二十八宿学说在当时楚国已很流行。1973 年长沙马王堆 3 号汉墓出土的文物中，也有天文学方面的资料，如《五星占》《天文气象杂占》《彗星图》等，这些资料中的内容，颇能反映出楚国的天文学成就[3]。如《天文气象杂占》，以象征十四国的云气开头，而特将“楚云”排第一：“楚云，如日而白……”可以推测，此书作者很可能是楚人。另外，此书中还载录了

---

①《七录》系南朝梁阮孝绪撰，学界一般认为较可靠。

②后人合甘德《天文星占》与石申《天文》两书为一，题名《甘石星经》，此为世界上最古老的恒星表，可惜今已失传，仅存零星片段。

③虽然该墓出土的文物年代在汉代，但这些资料的成书年代，据书中记载，应该是在战国时代。

楚天文学家任氏、北宫等人有关天文方面的论述，书中所载各种形状的彗星图，是世界上流传至今最早的彗星图。又，《五星占》一书所载内容，虽属秦始皇元年至汉文帝三年时期，但其中对行星的精确观测记录，世所罕见，可以认为，如无此之前楚国天文学发达的基础，汉代要达到上述成就，恐怕是难以想象的。

正是由于天文学上的成就，楚人才可能具有广泛而又浓厚的宇宙意识，这种意识反映在屈原身上，便有了《离骚》离开人间远游天国的幻想："驷玉虬以乘鹥兮，溘埃风余上征。"在天国境界内任情驱遣："前望舒使先驱兮，后飞廉使奔属。鸾皇为余先戒兮，雷师告余以未具。吾令凤鸟飞腾兮，继之以日夜。飘风屯其相离兮，帅云霓而来御。""览相观于四极兮，周流乎天余乃下。"——只是由于主人公心系楚国，才中止了天国之行，重新回到现实人间。屈原其他作品中还有类似的描写，如《涉江》："驾青虬兮骖白螭，吾与重华游兮瑶之圃。登昆仑兮食玉英，与天地兮同寿，与日月兮齐光。"《远游》中更是通篇描写天国神游："悲时俗之迫厄兮，愿轻举而远游。质菲薄而无因兮，焉托乘而上浮……"而《天问》一诗，乃直截了当地表现了对宇宙天象的认识(以发问方式问之)："曰：遂古之初，谁传道之？上下未形，何由考之？"类似的发问，

《庄子·天下》中也有，如南人黄缭问“天地所以不坠不陷，风雨雷霆之故”。

楚人宇宙意识形成的原因，除了天文星象外，另一因素是南方楚地浓厚的原始巫教色彩与远古传统遗存，这是南楚迥异于北方的重要特点，这方面情况主要可从《山海经》及《庄子》两书的记载见出。

《山海经》是一部被称为“古之巫书”的奇书，对它的创作时地及作者，虽至今仍无确证，但它产于南方，由楚人所撰应是大致不误。书中所录半人半兽的巫怪神兽，典型地反映了南地巫风盛行的状况，构成了一幅幅奇妙怪异的图画①。其中有关天文星象的内容记载，与神怪传说融合，透出了巫风影响下楚人对宇宙星象的朦胧意识：《大荒西经》载有噎者，“处于西极，以行日月星辰之行次”；《大荒东经》载有鹓者，“处东极隅，以止日月，使无相间出没，司其短长”。他们似都直接观察天空中的星象，以确定日月星辰之运行轨迹。《大荒西经》又载：“有方山者，上有青树，名曰柜格之松，日月所出入也。”“大荒之中，有山名曰日月山，天枢也。吴姖天门，日月所入。”这当中，日月山入、天枢、天门，都与天象观测有关。

① 部分内容此前文字已有涉及，兹不赘。

庄周所撰的《庄子》一书，其产生时代略早于屈原。书中第一章《逍遥游》，明显地表现了与《离骚》相似的远游天国的内容——开篇即是鲲鹏展翅，“抟扶摇而上者九万里”，“绝云气，负青天，然后图南，且适南冥也”。继而是“乘天地之正，而御六气之辩，以游无穷者”。又写了藐姑射山神人，“不食五谷，吸风饮露，乘云气，御飞龙，而游乎四海之外”。这同《离骚》“览相观于四极”“周流观乎上下”，进而寻求永恒无限的宇宙意识是相通的。庄子曾到过楚国，不管他是否直接受到过楚人宇宙意识的影响，至少《逍遥游》中的表现可以反映出宇宙意识在当时南方已相当流行。

由此，我们可以知道，楚地盛行的巫风和发达的天文学成就，影响并促成了楚人浓厚的宇宙意识，这种意识，对诗人屈原的创作产生了巨大影响，使之涌现出了超脱人世、遨游天国、寻求世外理想境界的奇思异想，促成了像《离骚》《天问》这样的奇特诗作，流传千载百代。可见，楚人的宇宙意识在促成楚辞产生和形成其奇特风格中起了不可忽视的作用。

楚歌、先秦散文及神话传说

楚辞的生成机制中，除了上述历史条件、文化背景、风俗因素、宇宙意识外，还应包括前代及当代的多重文学影响因子，它们是——楚歌、先秦诸子散文及神话传说①。

以下，我们拟分别对这些文学因子做分析阐述，以全面剖析楚辞产生的综合文化因素。

一、楚歌

我们试先按年代顺序简叙楚歌——楚地民歌的演化过程，然后再谈其与楚辞的关系。

第一阶段，约公元前8世纪至公元前7世纪，即楚武王、文王、成王时代。其时，楚歌的形式基本与北方的《诗经》相似，为四言体：

子文之族，犯国法程。廷理释之。
子文不听，恤顾怨萌。方正公平。
（《说苑·至公·楚人为令尹子文歌》）

薪乎莱乎，无诸御已，讫无子乎。
莱乎薪乎，无诸御已，讫无人乎。
（《说苑·正谏·楚人为诸御已歌》）

---

① 还应包括《诗经》，此处不拟述及。

第二阶段，约公元前6世纪，楚共王、康王时期。其时，楚歌形式由四言体演化成了新形式，突破了四言格局，句中或句尾带上了“兮”字：

延陵季子兮不忘故，脱千金之剑兮带丘墓。

（《新序·节士·徐人歌》）

今夕何夕兮，搴洲中流。今日何日兮，得与王子同舟。

蒙羞被好兮，不訾诟耻。心几烦而不绝兮，得知王子。

山有木兮木有枝，心悦君兮君不知。

（《说苑·善说·越人歌》）

第三阶段，公元前5世纪初，楚悼王之前一阶段。其时，楚歌的形式已与今日我们所见之楚辞形式相近，且时间上与怀王、顷襄王时也相距不远了。这时的楚歌明显具有句式参差、句中或句尾带“兮”字的特点，不过，四字句式依然存在：

凤兮凤兮，何德之衰？往者不可谏，来者犹可追。

已而已而，今之从政者殆而。

（《论语·微子·楚狂接舆歌》）

沧浪之水清兮，可以濯我缨。沧浪之水浊兮，可以濯我足。

（《孟子·离娄·孔子听孺子歌》）

佩玉蘂兮，余无所系之。旨酒一盛兮，余与褐之父睨之。

（《左传·哀公十三年·庚癸歌》）

由楚歌我们同时可知，楚辞在形式上曾仿楚音，与楚地音乐有一定关系，这可从楚辞已存形式推知它所仿照的楚地音乐及楚歌曲式：

（一）简单曲调的多次重复，如《九歌》。

（二）一个和两个曲调若干次重复后，末尾加“乱”的曲式，如《离骚》《哀郢》《怀沙》。

（三）兼有“少歌”“倡”与“乱”，中间重起，两次结束，前后两截相连的曲式，如《抽思》。这里，“少歌”是前半曲结束的小结，“倡”是前后两半曲的过渡。

（四）前有总起，中间曲调显著变化，最后有总结曲式，如《招魂》。

很显然，以上我们所见的楚辞的几种曲式，当是楚辞受楚歌曲式影响后所形成的。

关于楚地乐歌，即所谓“南音”，史有所载。如《左传·成公九年》：“晋侯观于军府，见钟仪，问之曰：‘南冠而絷者，谁也？’有司对曰：‘郑人所献楚囚也。’……使与之琴，操南音。”《吕氏春秋·音初》：“禹行功，见涂山之女，禹未之遇而巡省南土。涂山氏之女乃令其妾候禹于涂山之阳。女乃作歌，歌曰：‘候人兮猗！’实始作为南音。”“南音”后又被称作“楚声”。《汉书·礼乐志》：“《房中乐》高祖唐山夫人所作……高祖乐楚声，故《房中乐》楚声也。”《隋书·经籍志》：隋释道骞“能为楚声，音韵清切”。

可见，屈原创作楚辞作品曾借鉴楚歌及楚声（楚音），应该是没有疑问的，否则其作品不可能染上今日所见之典型的“楚”地色彩。

二、先秦诸子散文

与《诗经》相比，楚辞最明显的特征是篇幅增大，句式长短参差，突破了四言体式。这种现象，人们称其为“散文化”。

为何先秦诗歌在《诗经》之后，会发生“散文化”？这当中原因有多种。首先，时代风气是重要因素。鲁迅在《汉文学史纲要·屈原与宋玉》中指出：“周室既衰，聘问歌咏，不行于列国，而游说之风浸盛。纵横之士，欲以唇吻奏功，遂竞为美辞，以动人主。……余波流衍，渐及文苑，繁辞华句，固已非《诗》之朴质之体式所能载矣。”这是说，当时流行的纵横游说之风，致使短小的诗歌体式难以容纳和表现复杂的思想内容，故而新的散文化的体式开始产生。

其次，屈原本人“明于治乱，娴于辞令”(《史记·屈原贾生列传》)，是个颇具纵横家风格的人，《离骚》与《抽思》中他曾多次写及自己的“陈辞”：“就重华而陈词”“跪敷衽以陈辞兮”“结微情以陈词兮”“兹历情以陈辞兮”。这种善于辞令的特长，运用于自己的创作之中，便写出了铺陈夸张、口语较强的“散文化”的诗作。

再次，也是比较重要的原因，是先秦诸子散文直接影响了屈原的创作，导致了诗歌的“散文化”。从时间上看，屈原之前诞生的诸子散文有《老子》《论语》《孟子》《庄子》。理由是：(一)老子、孔子、孟子、庄子生活的年代基本上都早于屈原，其中孟子、庄子虽与屈原大致同时期，但出生年代均比屈原早了几十年。(二)这四部书的成书年代分别为：《老子》在春秋末叶与战国初期，其作者主要是老子本人；《论语》的编著者虽非孔子本人，但其成于春秋末、战国初，当无疑问[①]；《孟子》一书的作者主要是孟子本人，并于其生前已完成；《庄子》系庄子及其门生后学所撰，其中内篇部分，一般以为是庄子本人所撰，外、杂篇

---

① 杨伯峻:《论语译注·导言》，北京：中华书局，1962 年。

系门生后学所撰。

上述四部著作的产生年代均在屈原之前，作为“博闻强志”的屈原，曾读过并受其影响是完全可能的。[1] 下面，我们试将屈原作品与这四部诸子散文做些对照、比较，看它们之间的关系。

第一，楚辞与《老子》

纵观《老子》一书，五千余言均疾徐长短之韵文（文学体裁上堪称哲理性散文诗），这些文句，长短参差，词约义丰，富含哲理，与屈原作品的句式有异曲同工之效。

楚辞的显著特征之一是书楚语，此点《老子》中也有明显体现。如楚语气词“兮”字，《老子》中出现了124处，第十五章尤其集中；又如楚发语词“夫唯”，《老子》中十见。其他用楚语处还有，如第十二章“五味令人口爽”的“爽”字，王逸《楚辞章句·招魂》注：“楚人名羹败曰爽。”第二十七章“无关键而不可开”的“键”字，《方言》说：“户钥自关而东，陈楚之间谓之键，字亦作楗。”第四十二章“吾将以为教父”的“父”，《方言》说：“凡尊老，南楚谓之父。”等等。这种大量袭用楚语的现象，应该是《老子》与楚辞共通的。另外，《老子》与楚辞在声韵上也有不少相合之处，

① 屈原曾出使齐国，这也为他受北方文化影响创造了条件。

两者之间相同的韵部之处不少[①]。

在句式上，楚辞也有与《老子》合辙之处。例如，《渔父》篇有：“举世皆浊我独清，众人皆醉我独醒。”“安能以身之察察，受物之汶汶者乎?”《老子》第二十章有云：“众人熙熙，如享太牢，如春登台。我独泊兮其未兆，如婴儿之未孩。累累兮若无所归。众人皆有余，而我独若遗，我愚人之心也哉。沌沌兮，俗人昭昭，我独昏昏，俗人察察，我独闷闷。澹兮其若海，飂兮其若无止。众人皆有以，而我独顽似鄙，我独异于人，而贵食母。”两相比照，是否有相似之感?又，《远游》篇有“载营魄而登霞兮”句，王逸《楚辞章句》注：“‘抱我灵魂而上升也’。屈子似即用老子语。”所言老子语为：“载营魄抱一，能无离乎?”（第十章）——这些，都能说仅仅是“巧合”吗?

第二，楚辞与《论语》《孟子》

《论语》和《孟子》两书分别为记载孔子与孟子及其弟子言行的著作，它们在文体风格上有一个共同的特点，即为了更形象地表现人物的思想与言论，大量地载录了人物的对话。可以说，比较集中地用载录对话的方式，在散文史上始于《论语》《孟子》。这种方式，屈原作品中也有所

① 详参朱谦之《老子校释》附录《老子韵例》，此处不赘述。

见：《离骚》中有两段直录人物对话的，一段是女媭"申申其詈予"，一段是"就重华而陈词"。此外，通篇对话者还有《卜居》《渔父》两篇。这些地方，通过对话，展示了人物的性格、形象与作品主题。

如将《论语》《孟子》中的有关句式与楚辞作品做比照，我们发现，它们之间有不少相类之处。如，《论语》有："君子周而不比，小人比而不周。"《离骚》有："兰芷变而不芳兮，荃蕙化而为茅。"《论语》有："日月逝矣，岁不我与。"《离骚》有："汩余若将不及兮，恐年岁之不吾与。"《论语》有："申申如也。"《离骚》有："申申其詈予。"这些相类的句式还可抄录一些，我们恐怕不能说，它们之间完全不存在影响或承袭关系。

第三，楚辞与《庄子》

《庄子》与屈原作品有不少共同点：作者都为南方人①，作品都写成于南方，风格上都体现了浪漫主义——"放言无惮，为前人所不敢言"②，在"叙事纪游，遗尘超物，荒唐谲怪"③方面颇为相似，两者同为中国文学史上

① 庄子为宋国蒙人，在当时属于黄河以南的南方人。

② 鲁迅：《摩罗诗力说》，《中国历代文论选》，上海：上海古籍出版社，1980 年，第 450 页。

③ 刘师培：《南北文学不同论》，《刘师培中古文学论集》，北京：中国社会科学出版社，1997 年。

浪漫风格流派(积极浪漫主义与消极浪漫主义)的代表。自然，我们不能断言屈骚的浪漫风格系受庄子影响而生，然而地域与时间因素，致使屈原会有所沾溉，那还是完全有可能的。

我们试对两者的有关句式与词汇做一比较、对照，或许可以看出些大概。为叙述方便，不妨对照如下①：

乘清气兮御阴阳。(《九歌·大司命》)
乘天地之正，而御六气之辨。(《庄子》)

与天地兮同寿，与日月兮齐光。(《涉江》)
吾与日月参光，吾与天地为常。(《庄子》)

惮褰裳而濡足。(《思美人》)
褰裳躩步。(《庄子》)

望大河之洲渚兮，悲申徒之抗迹。(《悲回风》)
申徒狄谏而不听，负石自投于河。(《庄子·盗跖》)

奇傅说之托辰星兮。(《远游》)

① 对《庄子》内、外、杂篇的作者问题，迄无定论。但笔者认为，即便外、杂篇非庄子撰，本文所引内篇例证亦可说明问题。此处凡未注明篇名者，均参见洪兴祖《楚辞补注》。

傅说得之，以相武丁……骑箕尾，而比于列星。

（《庄子·大宗师》）

曰：道可受兮，不可传。（《远游》）

道……可传而不可受。（《庄子》）

质销铄以汋约兮。（《远游》）

肌肤若冰雪，绰约若处子。（《庄子》）

十日代出，流金铄石些。（《招魂》）

昔者十日并出，万物皆照。（《庄子·齐物论》）

雄虺九首，儵忽焉在？（《天问》）

南海之帝为儵，北海之帝为忽。（《庄子·应帝王》）

值得注意的是，《庄子》有《渔父》篇，写孔子游于缁帷之林，休坐于杏坛之上，弦歌鼓琴，恰有渔父过而听之，与子路对问，引起孔子兴趣，孔子至于泽畔，与渔父进行了一系列问答。而屈原也有《渔父》篇，基本情节与内容也相仿，记屈原遭放后，游于江潭，行吟泽畔，渔父见而问之，两人于是进行了一系列问答。两篇《渔父》不同之处在于：《庄子》突出了渔父所言有道，引起了孔子的敬意；屈原以渔父做陪衬，表现自己不与世俗同流合污。虽然我们不能断言屈原的《渔父》一定是受《庄子·渔父》的影响而作①，但两者比较的结果，又不能不使人们产生疑问：两者竟又是“巧合”？

从以上分析、比照，我们是否可得出一个结论——楚辞（屈原作品）与先秦诸子散文之间应存有渊源继承关系（或谓影响关系）。章学诚说得好：“屈氏二十五篇，刘班著录以为屈原赋也。……是则赋家者流，纵横之派别，而兼诸子之余风，此其所以异于后世辞章之士也。”（《文史通义·诗教》）②应该承认，先秦诸子散文对楚辞的散文化起了一定的促进作用。

三、神话传说

楚辞文学因子的另一个组成部分，是上古先于屈原时代的口头文学——神话传说。

马克思在《摩尔根〈古代社会〉一书摘要》中曾精辟指出：“在野蛮期的低级阶段，人类的高级属性开始发展起来。……想象，这一作用于人类发展如此之大的功能，开始于此时产生神话、传奇和传说来记载的文学，而业已给

①《庄子·渔父》在杂篇部分。

②此处所谓“屈原赋”还可商兑，但“兼诸子之余风”则是确论。

予人类以强有力的影响。”从楚辞来看，它当中载录了大量的神话传说①，是我国古代典籍中保存神话传说较多者。因而，楚辞曾深受神话传说影响，并将其吸收入作品的内容与形式之中，成为构成作品丰富内容及奇幻艺术特色的因子，应是毋庸置疑的事实。

中国古代神话资料匮乏，神话传说不发达，然为何屈原作品中却保留了那么多神话传说呢？这是由于屈原所处的南楚社会条件不同于北方。北方由于周朝礼乐制度发达，孔子“不语怪、力、乱、神”(《论语》)，儒家鄙视神话，认为：“文不雅驯，缙绅先生难言之。”(《史记·五帝本纪》)“太古荒唐之说，俱为儒者所不道，故其后不特无光大，而又有散亡。”②加上史学发达，儒家竭力将神人化，以理性诠释神话，致使神话历史化，从而导致神话衰微，神话资料极匮乏。而南方情况则不同，南方原始宗教保存远较北方为浓，古代神话往往借原始宗教而嬗演，借原始宗教而得以保存、流传，而楚巫术盛行，自然为神话传说的保存提供了有利条件。

那么，屈原的创作所受神话传说影响，其渠道来之于

---

① 其中《天问》最多，《离骚》《九歌》《招魂》次之。

② 鲁迅：《中国小说史略》，北京：人民文学出版社，1976 年，第 12—13 页。

何呢？笔者以为，除了屈原道听途说外，从文献和文物考古分析，主要乃是壁画和《山海经》。

对于壁画，我们在论述《天问》一节①内容中将谈到。《天问》中保存的大量神话传说，应该说，同屈原亲见壁画、受影响而诉之于文字很有关系。王延寿说："图画天地，品类群生，杂物奇怪，山神海灵，写载其状……"（《鲁灵光殿赋》）可资一证。

《山海经》一书，"记海内外山川神祇异物及祭祀所宜"，"与巫术合，盖古之巫书也"，② 将其与楚辞做对照比较，可以发现不少相合相重之处。

两者中都记载了许多有关龙凤的形迹。比较起来，《山海经》偏重于龙凤形貌的描绘，楚辞侧重于龙凤动态的写生，借以登天飞仙。例如，《山海经·南山经》："其神状皆龙身而鸟首。"《东山经》："其神状皆人身龙首。"《海外南经》："南方祝融，兽身人面，乘两龙。"《南山经》："有鸟焉，其状如鸡，五采而文，名曰凤皇……是鸟也，饮食自然，自歌自舞，见则天下安宁。"《大荒南经》："爰

---

① 见本书第五讲。

② 鲁迅：《中国小说史略》，北京：人民文学出版社，1976 年，第 9 页。

有歌舞之鸟，鸾鸟自歌，凤鸟自舞。”①《楚辞》中则有《九歌·云中君》：“龙驾兮帝服，聊翱游兮周章。”《湘君》：“驾飞龙兮北征，邅吾道兮洞庭。”《离骚》：“驷玉虬以乘鹥兮，溘埃风余上征。”“鸾皇为余先戒兮”，“吾令凤鸟飞腾兮”。②

在方位顺序上，《山海经》与《离骚》有不谋而合之处：《山海经·五藏山经》的“山经”排列顺序是——“南山经”“西山经”“北山经”“东山经”，其方位顺序依次为：南、西、北、东；而《离骚》写神游天国，第一次出行路线是——苍梧（南）、悬圃（西）、咸池（北）、扶桑（东），其方位顺序依次为：南、西、北、东——与《山海经》相合。两者都将南列首位，表明作者均重南，这恐怕与作者为南方楚人、作品产于南方楚地有关。其次都是西，西方是昆仑山所在地，传说中的天帝居于昆仑山，故而《离骚》第二次神游方向纯为西方了——“朝发轫于天津兮，夕余至乎西极。……路不周以左转兮，指西海以为期。”“邅吾道夫昆仑兮，路修远以周流。”③《山海经》中《西次三经》与《海内西经》有大段文字描述西方昆仑——“海内昆仑之虚，在

---

① 还有《大荒北经》等多处，兹不赘引。

② 另有《九歌·大司命》《涉江》等多处，亦不赘引。

③《天问》《涉江》《悲回风》《九歌·河伯》等篇中亦可见昆仑文字。

西北，帝之下都。昆仑之虚，方八百里，高万仞。”①

《离骚》《天问》中多次提及“九歌”“九韶”，而此“九歌”“九韶”可在《山海经》中找到出处。《山海经·中山经》述及魍武罗，“盖《楚辞·九歌·山鬼》所写山鬼式女神”另外，冯夷、应龙、鲮鱼、汤谷、流沙、赤水、不周山、扶桑、若木、崦嵫等诸多物名、草木虫鱼名、山川地名等，楚辞与《山海经》相重合处不胜枚举，故而《四库全书总目提要》引宋吴仁杰《离骚草木疏》一书，说“大旨谓《离骚》之文，多本《山海经》”，书中引用，“每以山海经为断”，此判断应属实事求是之语。

以上，我们分别从历史、文化、风俗、文学等多方面，对楚辞的综合文化融合，做了较为全面、深入的探讨。由此，我们可以明白，楚辞之所以会产生于战国时代的楚国，其原因是多方面的，并非仅凭屈原个人条件所能成功。

---

① 文字较长，不拟赘引。

第三讲　伟大诗人屈原

屈原生活的时代及其身世

应该说，促使楚辞产生的生成机制中，除了上一章我们所论述的多种条件外，还有两个重要因素，即诗人屈原所处的时代及其本人的实际遭遇①。没有这两条，楚辞恐怕难以在屈原时代的屈原手中诞生，至少我们后人难以读到像《离骚》《天问》这样的奇作、杰作。

屈原的时代，正值战国七雄纷争之际。其时，西部的秦国经过商鞅变法，国势日臻强盛，它力图以自己的强大吞并六国，而以楚国为首的六国则不甘被灭，欲以合纵之势，联合起来对抗秦国。“合纵”“连横”两种势力在七国之间互为消长、势不两立，整个局势对当时的楚国来说十分严峻。

---

① 当然还有他个人的天才条件，即极富才情的诗歌创作才能和“博闻强志”的天赋。

其实楚国在秦国商鞅变法之前也搞过一场变法，那就是楚悼王时任用吴起实行变法，如果这场变法能够成功，那楚国的国势或许也能像秦国那样保持强盛，但遗憾的是，吴起变法由于楚悼王的病死而遭到失败——强大的贵族集团势力趁悼王之死发起反扑，杀了吴起[1]，从根本上葬送了这场变法运动的成果。于是，楚国重又陷入了变法之前的旧制度窠臼之中，逐渐失去了与秦抗衡的国力与军力。这正如韩非子所说："楚不用吴起而削乱，秦行商君法而富强。"(《韩非子·问田》)秦、楚两家在屈原生活的时代，国力已不可同日而语。

问题还有另一方面。如果屈原其时执政的楚怀王能像楚国历史上曾经出现过的楚庄王、楚悼王那样贤达有为，楚国即使遭到吴起变法失败这样的重大挫折，或许也可重整旗鼓、东山再起。遗憾的是，楚怀王并无庄王、悼王那样的胸怀与才干，他虽然一度成为齐、楚、燕、韩、赵、魏六国的合纵长，且可凭借楚国天然有利的地理位置、土地物产、物质力量等条件，联合其他五国与秦国抗衡，但他没有这样做，也不可能这样做。于是，在张仪如簧之舌的鼓噪下，他居然认敌为友，贪小利而失大利，加上手下

---

① 此即史载所谓"五马分尸"，吴起的结局甚惨。

一帮奸臣佞人谗言离间，他疏远了像屈原这样的忠臣，放弃了改革旧政的主张，终于将楚国逐步引上了灭亡的绝路。到顷襄王时，国势愈加颓落，君主“不恤其政”，群臣“相妒以功，谄谀用事”，良臣遭疏，“百姓心离”(《战国策·中山策》)，整个楚国到了日薄西山、朝不保夕的地步了。

屈原正是在这样一个令人焦灼、忧虑的时代，以一个楚国朝臣的身份，为楚国国运和楚国人民的命运奋斗、努力、奔波，而最终因无力挽回颓势，悲愤至极，自尽于世。从屈原本人来说，他完全明白当时七雄争立的形势，也完全清楚楚国在这个争斗局势中所处的地位、所扮演的角色，因而强烈的民族自尊和爱楚国、爱楚国人民的激情，驱使他下决心从改革楚政入手，试图改革图强，使楚国强大起来，从而实现美政理想。然而，时运不济，国运不佳，历史注定了屈原扮演的是一个悲剧的角色——最终只能以死为谏，以自身的灭亡引起当时和后代千百万人的同情、怜悯与震惊，而这对于楚国国君、对于楚国国运，则是丝毫无补——挽救不了，也不可能挽救。

屈原的身世经历，由于时代久远，资料缺乏，我们所能依据的，除了留存下来的诗歌作品外，比较可信的主要材料，只有司马迁《史记》中的那篇列传。从时代和司马迁治史的态度看，应该承认，这篇列传基本上是可信的，虽然其中有疏漏和自相矛盾之处，但可信程度应大于可疑程度，后世人们对屈原的研究与了解，大致即以此传（以及屈原本人作品）为据。

《史记》这篇屈原列传，告诉了我们有关屈原其人及其生平的大致情况，其要如下：

第一，屈原出身于楚三大望族（屈、昭、景）之一，优越的身世条件，先天地成为他入仕朝廷的有利因素。

第二，屈原本人具有突出的才能——“博闻强志，明于治乱，娴于辞令”，换言之，他博学多识，有很强的记忆力，对历史兴衰了如指掌，又善于交际应酬，能言善辩。

以上两条，是他跻身朝臣之列，并受楚君（怀王）信任、重用的基本原因。

第三，屈原曾受怀王宠信，任左徒，入则与王图议国事，出则接遇宾客，应对诸侯，因此能为怀王制定宪令，试图实现改革楚政的理想。

第四，因上官大夫等佞臣谗言，屈原遭疏，并被逐流放，复起复落，然他初衷不改、壮心不泯，力主联齐抗秦，却最终不被纳用，悲愤之至，投汨罗江而自尽。

第五，《离骚》是屈原在忧愁幽思之下所作，其缘由在于“王听之不聪”“谗谄之蔽明”“邪曲之害公”“方正之不容”“信而见疑，忠而被谤”，才生怨词，故而“怨”是《离骚》的核心和灵魂。《离骚》兼具了“好色而不淫”“怨诽而不乱”，是在《诗经》风格基础上的发展，它熔艺术与人格于一炉，文约、辞微、志洁、行廉，文小而旨大，举类迩而见义远，它所透出的诗人之志，“虽与日月争光可也”，它树起了一位彪炳千代的伟大哲人形象。

综合屈原一生看，他有着成为楚国政治家的先天条件，他也孜孜不倦努力想成为一个政治家，但是时代与社会条件没有让他成为一个政治家，却反而促成了一位伟大的、非同凡响的文学家——诗人，这是有悖屈原自己初衷的，却又是无可置疑的历史事实。

应该说，屈原不是一个趋炎附势的政客，他的愚忠，他的耿直，他的对理想追求的执着，决定了他在政治舞台上生存的时日很短暂，然而，他却偏偏要在他自己所不宜且不擅长的领域内奋斗，这就最终决定了他的悲剧下场——这看起来很残酷，其实是必然规律，任何人都违反不了。

按照当时的历史条件，按照当时士大夫的观念，屈原完全可以离楚而去，到其他国家去发展自己，这或许多少能减少他的痛苦，避免最后的悲剧结果，赢得比较好的待遇与归宿——司马迁、王逸等人都这么认为。司马迁甚至认为屈原自杀结局乃“自令若是”！这真正寒了屈原的心，然而这却是当时文人士大夫们比较共通的处世哲学与人生观的反映。

话说回来，如果屈原成就了他的事业——上官大夫们没有妒忌他，没有谗言离间他，怀王也没有离疏他，而是一如既往地信任他，让他完成制定宪令的任务，并施之于楚政改革之中，楚国在怀王与顷襄王两朝的国势因此而有所增强，那么，某种程度上，屈原会由此实现了自己的美政理想，这样，或许屈原能像吴起、商鞅一样，在楚国历史上、在战国历史上，甚至在中国历史上，以一个变法家的美名垂于青史，留下名字与业绩。这样的话，中国诗歌史、中国文学史，将从此失去一位伟大的诗人，人们将不可能读到像《离骚》《天问》那样撼人心魄的宏伟诗篇，中国诗歌的历史将要改写，世界诗歌宝库中也将不会有以浪漫风格著称于世的屈原作品。真是那样的话，人们是否会感到某种遗憾呢？两者权衡，笔者似乎更看重后者——作为诗人的屈原，而不是作为改革家、政治家的屈原，因为，从人类文化角度言，诗人的屈原远比政治家的屈原贡献要大。只是，这样说，未免有负屈原本人的初衷，好在历史最终选择了诗人的屈原，才使我们讲这个话可以没有惋惜心理。

关于屈原创作的作品，我们今天所能知道的最早的资料，只能是汉代的了。淮南王刘安曾作《离骚传》，其中一段评语保存在了司马迁的《史记·屈原贾生列传》中，后人可知《离骚》应为屈原所作。司马迁《史记·屈原贾生列传》中说："余读《离骚》《天问》《招魂》《哀郢》，悲其志。"可知除《离骚》外，屈原还作了《天问》《招魂》《哀郢》；王逸《楚辞章句序》说："逮至刘向，典校经书，分为十六卷。"可知屈原作品曾由刘向编集，分为16卷，具体篇目除《离骚》外不可晓；到刘向父子（刘向、刘歆）编著《七略》及班固撰《汉书·艺文志》，著录屈原作品共25篇，可知屈原创作的诗歌作品保存与留传于世的共25篇，具体25篇篇目见于现存最早的屈原作品集子——东汉王逸的《楚辞章句》，具体为：《离骚经》（即《离骚》，称"经"系王逸所为）、《九歌》（包括《东皇太一》《云中君》《湘君》《湘夫人》《大司命》《少司命》《东君》《河伯》《山鬼》《国殇》《礼魂》）、《天问》、《九章》（包括《惜诵》《涉江》《哀郢》《抽思》《怀沙》《思美人》《惜往日》《橘颂》《悲回风》）、《远游》、《卜居》、《渔父》。另外，还有两篇——《招魂》《大招》，司马迁传记谓《招魂》为屈原所作，而王逸《楚辞章句》则认为系宋玉所作；《大招》，王逸说："屈原之所作也。或曰景差，疑不能明也。"

由此，也就很显然地牵涉到了屈原作品的著作权问题——究竟屈原写了哪些作品？现存的《楚辞》集子中，哪些篇是伪作？哪些篇是真品？历来楚辞研究学者为此打了2000多年官司，至今聚讼不已，莫衷一是。

我们认为，由上述各种材料可以看到，《离骚》《天问》及《九章》中的《哀郢》等篇属屈原所作，历来无争议，不存在真伪问题；其余《九歌》《远游》和《九章》中其他几篇，以及《卜居》《渔父》《招魂》《大招》等的归属，从古代至近现代都有歧见，学者们各持己见，争论不休。由于缺乏确凿的材料，一般难下定论。

真伪问题，我们这里不拟做展开性评述，笔者本人基本上赞同《汉书·艺文志》所录25篇均为屈原所作，具体篇为：《离骚》《九歌》《天问》《九章》《远游》《卜居》《渔父》《招魂》《大招》（其中《九歌》原为11篇，《湘君》《湘夫人》合为一篇，《国殇》《礼魂》合为一篇）。

屈原思想属于哪一家

郭沫若在他的《屈原研究》[①]一文中曾对屈原思想中有

① 郭沫若：《屈原研究》，《历史人物》，北京：人民文学出版社，1979年，第57页。

无道家影响提出一种看法：

> 最可注意的，他(屈原)虽是南人，而于道家的虚无恬淡、寂寞无为的学说却毫没有沾染。(《远游》一篇本有这种臭味的浓厚表现，但那并不是他的作品。)

郭老此论是否有些武断？联系屈原的思想构成，我们试做些辨析。

先看儒家思想对屈原的影响。对此，郭老持肯定观点。他认为，用屈原作品中的诗句来概括，儒家思想对屈原的影响表现为①：

重仁义——

重仁袭义兮，谨厚以为丰。(《怀沙》)

怀忠贞——

事君而不贰兮，迷不知宠之门。(《惜诵》)

爱民生——

长太息以掩涕兮，哀民生之多艰。

① 引见《屈原研究》。

……

怨灵修之浩荡兮，终不察夫民心。(《离骚》)

举贤能——

举贤而授能兮，循绳墨而不颇。(《离骚》)

尚修身——

余独好修以为常。(《离骚》)

另外，屈原作品中提及的他所景仰的圣贤人物，如尧、舜、禹、汤、文王等，儒家典籍中习见；屈原所称道的前人，如伯夷、伊尹、彭咸等，孔子、孟子均赞誉过。因而淮南王刘安赞美屈原《离骚》谓："若《离骚》者，可谓兼之矣。"——兼有《国风》《小雅》之长。王逸《楚辞章句·离骚序》说："《离骚》之文依托五经以立义。"

其实，仔细推敲、比照一下，会发现，郭沫若及王逸等的评判均有欠全面之处。屈原实在并不是一个纯儒家学者，他思想上虽有受儒家影响的一面，却并不受其拘囿。刘勰对此看得比较清楚，《文心雕龙·辨骚》中他指出了楚辞与《诗经》(也即儒家经典)的"四同"，也同时指出了它们之间的"四异"——刘勰指出的"四同"，无疑是屈原受儒家影响的结果，而"四异"，则显然是屈原自我发展独立风格的产物，非如此，刘勰绝不会说“虽取熔经义，亦自铸伟辞”。

细加辨析，我们还发现，屈原作品中虽称道尧、舜、禹等儒家圣贤，然其内涵却是：仿效只是手段与途径，根本目的是实现楚统一天下的美政理想；学习尧舜的“举贤授能”，旨在希望君主能真正任用志士仁人，完成兴楚大业。而且，屈原实际信奉的，与儒家宣扬的毕竟有所不一：儒家信天命；屈原大胆怀疑天命，写下了《天问》诗。儒家不语“怪、力、乱、神”，屈原在其作品中大量吸纳、运用了神话传说，作为丰富的内容与天才的艺术表现手法。儒家虽有“民为贵，社稷次之”(《孟子》)的一面，却也有“民可使由之，不可使知之”(《论语》)、“劳心者治人，劳力者治于人”(《孟子》)的另一面；而屈原则真心爱楚国人民，关心楚国人民的民生疾苦，《哀郢》写道：“民离散而相失兮，方仲春而东迁。”《离骚》写道：“长太息以掩涕兮，哀民生之多艰。”①

可见，屈原并非一个纯儒家学者，他对儒家思想采取了有取有舍的态度，并不全盘吸纳，如儒家认为伍子胥掘楚平王墓并鞭其尸乃大逆不道，屈原却赞扬伍子胥的行为

① 对“民”字的理解尚有争议，也有以为“民生”意为“人生”的。

是忠臣①。

屈原是否曾沾染道家思想？我们拟从几方面做分辨。首先，南方楚国是道家的发源地，这是不可忽视的关键。老子是楚人，庄子虽是宋人，却多次到楚；《老子》《庄子》两书均产于楚。此外，产于楚地的楚人道家著作还有《长卢子》《老莱子》《鹖冠子》(据《汉书·艺文志》)，生于楚、长于楚的屈原对这些道家著作会毫不知晓、毫无沾溉？须知，屈原可是个“博闻强志”者啊。

我们再看屈原作品中表现出道家思想影响之处。《离骚》写道：“步余马于兰皋兮，驰椒丘且焉止息。进不入以离尤兮，退将复修吾初服。”蒋骥注：“止息，归隐之息。”(《山带阁注楚辞》)戴震注：“鉴前车之进而遭尤，今固可修初服以隐退矣。”(《屈原赋注》)《惜诵》写道：“矫兹媚以私处兮，愿曾思而远身。”朱熹注：“曾思所以虑微，远身所以避害。”(《楚辞集注》)《卜居》《渔父》中道家思想痕迹更明显。《卜居》写屈原“心烦虑乱，不知所从”，乃往见太卜郑詹尹，请求占卜之；《渔父》写渔父听罢屈原所言，“莞尔而笑，鼓枻而去”，其情其理均寓道家色彩。《离骚》末段、《涉江》《思美人》等所表现的神游，也可见道家

---

①《涉江》：“忠不必用兮，贤不必以。伍子逢殃兮，比干菹醢。”

影响。《九歌·东皇太一》中“太一”之称，在战国时代并不是指神，而是道之名，故《吕氏春秋·太乐》说：“道也者，至精也，不可为形，不可为名，强为之名，谓之太一。”《汉书·艺文志》述道家：“道家者流，盖出于史官，历记成败存亡祸福古今之道，然后知秉要执本，清虚以自守，卑弱以自持，此君人南面之术也。”我们看屈原作品中述“古史”及“成败存亡祸福古今之道”处不少：

彼尧舜之耿介兮，既遵道而得路。

何桀纣之猖披兮？夫唯捷径以窘步。

……

夏桀之常违兮，乃遂焉而逢殃。

后辛之菹醢兮，殷宗用而不长。

汤禹俨而祗敬兮，周论道而莫差。

……

说操筑于傅岩兮，武丁用而不疑。

吕望之鼓刀兮，遭周文而得举。

宁戚之讴歌兮，齐桓闻以该辅。

（《离骚》）

闻百里之为虏兮，伊尹烹于庖厨。

吕望屠于朝歌兮，宁戚歌而饭牛。

不逢汤武与桓缪兮，世孰云而知之？

吴信谗而弗味兮，子胥死而后忧。

介子忠而立枯兮，文君寤而追求。

封介山而为之禁兮，报大德之优游。

（《惜往日》）

至于郭老所言《远游》篇，笔者不拟详做考辨，但必须指出，该篇系屈原借用道家思想抒发表现自己的思想感情，诚如梁启超在《屈原研究》中所说："《远游》一篇是屈原宇宙人生观的全部表现，是当时南方哲学思想之现于文学者。"

当然，说屈原曾受道家思想影响，并不意味着他对道家思想全盘接受、毫无摒弃。如同对儒家思想一样，对道家思想，屈原也有既取之又舍之的两面性。如《老子》"绝仁弃义，民复孝慈"，屈原则是"重仁袭义"；《老子》"不尚贤，使民不争"，屈原主张"举贤授能"；《老子》"处无为之事，行不言之教"，屈原则积极用世，狷介耿直；等等。屈原最终投身汨罗江，虽也可寻绎道家超脱尘世的成分，但毕竟以身殉理想，进而剖白自己为楚国、为楚民前途着想，意在警醒君主的成分占了绝对比例。

由楚怀王任用屈原起草宪令，试图重制楚国政治法令，以革新旧制，我们可以肯定，屈原必然曾受法家思想影响。[1] 此外，《惜往日》一诗中有："奉先功以照下兮，明法度之嫌疑。"此处"先功"当指楚悼王任用吴起变法之事。吴起变法，是屈原之前楚国历史上的一件大事，它不可能不对屈原产生影响。从某种程度上说，屈原起草楚宪令，欲一改楚政法令，虽有楚怀王本人意旨成分，却也难免受吴起变法启发影响。又，《离骚》诗写道："举贤而授能兮，循绳墨而不颇。""固时俗之工巧兮，偭规矩而改错；背绳墨以追曲兮，竞周容以为度。"此处所言"绳墨"，即法家所谓的"法"，《管子·法法》有："引之以绳墨，绳之以诛僇，故万民之心皆服而从上。"《商君书·定分》："夫不待法令绳墨而无不正者，千万之一也。"《韩非子·奸劫弑臣》："无规矩之法，绳墨之端，虽王尔不能以成方圆；无威严之势，赏罚之法，虽尧舜不能以为治。"故而屈原在回想起往日受信任被委以重任时的情景，会发出"国富强而法立兮，属贞臣而日娭"(《惜往日》)的感叹。

屈原还曾受到过阴阳家思想的影响，这可从以下几方面见出：其一，他曾两次出使齐国，齐国的阴阳家甚多，以邹衍为代表，虽然邹衍时代较之屈原要迟，但阴阳家思

---

① 史实可参《史记·屈原贾生列传》。

想在齐国的产生，当在邹衍之先，因而两次使齐的屈原不可能毫不沾染。其二，屈原作品中有表现受阴阳家影响的痕迹，如："吾使厉神占之兮"(《惜诵》)，"命灵氛为余占之""欲从灵氛之吉占兮"(《离骚》)。其三，《汉书·艺文志》"阴阳家"："阴阳家者流，盖出于羲和之官，敬顺昊天，历象日月星辰敬授民时，此其所长也。"对照屈原作品，其中不乏天象内容："摄提贞于孟陬兮，惟庚寅吾以降。"(《离骚》)"曾不知路之曲直兮，南指月与列星。"(《抽思》)"召丰隆使先导兮，问太微之所居。集重阳入帝宫兮，造旬始而观清都。……揽彗星以为旍兮，举斗柄以为麾。"(《远游》)"天何所沓？十二焉分？日月安属？列星安陈？"(《天问》)由此可见其受阴阳家影响之一斑。

屈原还是一位纵横之士，虽不能与苏秦、张仪齐名，"娴于辞令"的程度却不亚于当时一般的纵横游说之士，他曾"应对诸侯"，出使齐国，所著《离骚》《招魂》等诗颇具纵横家铺陈纵横特点，这些均可见其身上染有纵横家色彩。

由此可见，屈原绝不是一个如郭沫若所言的纯儒家之士，而是个受了当时多家思想影响而又不偏重于某一家的志士。他不是一个专门的思想家，先秦诸子中没有他的席位，但他在战国时代的文坛上却独树一帜：融诸家思想于一体，而又显示出不偏倚于某一家的独家风格——这是一位具有自身哲学与独立思想的诗人、哲人。

“好修”的哲人

在屈原的抒情性长诗《离骚》中，我们可以发现许多“修”字，如按这些“修”字的意蕴，略做分类，大约可分以下四大类：

第一类：灵修、前修、蹇修——

指九天以为正兮，夫唯灵修之故也。

余既不难夫离别兮，伤灵修之数化。

謇吾法夫前修兮，非世俗之所服。

怨灵修之浩荡兮，终不察夫民心。

不量凿而正枘兮，固前修之菹醢。

解佩纕以结言兮，吾令謇修以为理。

这里的“灵修”，谓君主，或指楚怀王；“前修”指古贤人、前代贤人；“謇修”，人名，或谓伏羲氏之臣，传说中的贤人。

第二类：修姱、信修——

余虽好修姱以鞿羁兮，謇朝谇而夕替。

曰：两美其必合兮，孰信修而慕之？

这里的“修姱”，为“美好”意；“信修”，意近信姱、信芳，言真正的美好。

第三类：修远——

路漫漫其修远兮，吾将上下而求索。

邅吾道夫昆仑兮，路修远以周流。

路修远以多艰兮，腾众车使径待。

这里的“修远”之“修”，释为“长”“遥远”。

第四类：修能、修名、修、好修——

纷吾既有此内美兮，又重之以修能。

老冉冉其将至兮，恐修名之不立。

进不入以离尤兮，退将复修吾初服。

民生各有所乐兮，余独好修以为常。

汝何博謇而好修兮？纷独有此姱节。

苟中情其好修兮，又何必用夫行媒？

岂其有他故兮？莫好修之害也。

对这一类的“修”字，历来争议颇大。王逸《楚辞章句》释为：“修，远也。”朱熹《楚辞集注》释为：“修，长也。”钱澄之《屈诂》说：“修能犹云长才也。”似均不确。林云铭《楚辞灯》释为“修治之功”，并认为：“下文许多修字，俱本于此。”王树枬《离骚注》认为：“修能犹贤能。……此与下文修名、好修之修同义。”比较切近本义，但尚欠确凿。龚景瀚《离骚笺》说得较为恰切：“修，《说文》曰，饰也。《玉篇》曰，治也。其义当与《大学》修身同，训为修饰、修治俱可。下文修名、好修皆因此。”

可见，结合《离骚》全诗及屈原人格修养分析，第四类“修能”“修名”“好修”的“修”字，以修饰、修治的解释较为确切，其与儒家修身说教也有一脉相承之处。

由此，我们想到，为何屈原会在一首诗[①]中反复出现

---

① 除《离骚》外，屈原其他作品中也有出现“修”字的，但不如《离骚》集中。

同一个字——“修”？其中尤以“好修”一词为多(共四次)。这些“修”字(及与其他字的组合)有什么内在的联系？它们集中在一首诗中出现，是否具有其特定的内蕴与特点？我们试做一番剖析。

一、内美与修能

《离骚》诗一开首，屈原便向读者剖白了自己先天具有的内美——世系美(“帝高阳之苗裔兮，朕皇考曰伯庸”)、生辰美(“摄提贞于孟陬兮，惟庚寅吾以降”)、命名美(“皇览揆余初度兮，肇锡余以嘉名：名余曰正则兮，字余曰灵均”)。对一般人来说，能具有此三美，已够自足的了，但屈原不然，他虽然很以自己能具此三“内美”而欣慰、自豪，却还要在这基础上“重之以修能”——于是，诗章下文大段篇幅中“内美”一词及所言之“三美”不复再现，而与“修能”有关的“修”字，多次出现。

对“修能”一词的诠释，上文已做介绍，其确切含义应是修治才能，从《离骚》上下文看，屈原在此表达的意思是，自己虽然已具有了先天之美，但不满足，要在先天条件基础上再加之以后天的修饰、修治。这种修饰的饰物“江离”“辟芷”“秋兰”“木兰”“宿莽”等，均为楚地的香花美草，他要将它们“扈”“纫”“搴”“揽”——一一修饰在自己身上。从诗的比兴角度言，这里所写，实际是“修能”的具体化和形象化——修饰容貌、仪态，在天生丽质基础上再做进一步装饰、打扮，使自己的形象、外貌更加美艳、光彩照人。而从诗的意蕴分析，这里所写，实际上是表现屈原远不满足于自己的先天内美优越条件，他还要努力加强自己后天的品德修养和才能培养，使自己成为像前代圣君贤臣那样的人物，完成宏伟大业，为实现楚国美政而奉献才华。

对“内美”与“修能”的关系，汪瑗《楚辞集解》说得比较明晰：“内美总言上二章祖、父、家世之美，日月生时之美，所取名字之美，故曰纷其盛也。内美是得之祖、父与天者，修能是勉之于己者，下文扈离芷、佩秋兰，即比喻自家修能。”

那么，“修能”既如此说，屈原具体又是怎么修饰自己的呢？

二、怎样“修”

《说文解字》段玉裁注“修”字说：“即今之拭字，拂拭之则发其光彩，故引申为文饰。……不去其尘垢，不可谓之修；不加以缛采，不可谓之修。修之从彡者，洒刷之也，藻绘之也。”可见，屈原的“修”，就是加缛采，饰藻绘。

那么，屈原具体如何“修”呢？

首先，博采众芳，极力修饰装扮自己。他采撷众多香花美草（如上述），又：“擥木根以结茝兮，贯薜荔之落蕊。矫菌桂以纫蕙兮，索胡绳之纚纚。”甚至饮食也与香花美草相关：“朝饮木兰之坠露兮，夕餐秋菊之落英。”这样，其容态自然更美丽了，言外之意，他的品德也就更为高洁了。

其次，效法前修，不穿“世俗之服”。屈原在诗中自譬道：“謇吾法夫前修兮，非世俗之所服。”何谓世俗之服？即香花美草之外的恶草、臭花，这是万不能用以饰身的。“前修”之服为何？乃“彭咸之遗则”——“虽不周于今之人兮，愿依彭咸之遗则。”屈原表白自己“法”“前修”，不穿世俗之服，实际即剖白自己严于律己，绝不随俗而流。一旦遭到世俗诽谤时，屈原便“退将复修吾初服”，此“初服”，即前所言及的香花美草所饰之美服。不仅如此，他还新制美服——“制芰荷以为衣兮，集芙蓉以为裳。”这表明了他完全置外界诽谤于不顾，坚持修己美德，坚持服己之服，即便在走投无路、愤而离尘世、上天国寻求理想境界时，依然不改初衷，“折琼枝以继佩”，而绝不穿世俗之服。

除了仪态容貌的修饰，屈原还注重内心情感的修养——“苟余情其信姱以练要兮，长顑颔亦何伤？”只要内心情感纯洁、无瑕疵，严格约束自己，即便身体上受些苦累亦无妨；只要自己内心情感上真正好修，又何必托人“行媒”？——“苟中情其好修兮，又何必用夫行媒？”“不吾知其亦已兮，苟余情其信芳。”

三、“好修”的原因

屈原为什么要如此修饰自己？其原因何在？我们试看他在《离骚》中“济沅湘以南征”后向重华所陈之词——

启九辩与九歌兮，夏康娱以自纵。
不顾难以图后兮，五子用失乎家巷。
羿淫游以佚畋兮，又好射夫封狐。
固乱流其鲜终兮，浞又贪夫厥家。
浇身被服强圉兮，纵欲而不忍。
日康娱而自忘兮，厥首用夫颠陨。
夏桀之常违兮，乃遂焉而逢殃。
后辛之菹醢兮，殷宗用而不长。

屈原这段陈词，意思明朗，即前车之覆，后车之鉴，历史上的暴君之所以身败名裂，其根本原因在于放纵至极，完全抛弃了“好修”，正是因为没有“好修”，才会造成如此令人沉痛而又发人警醒的历史教训。屈原将这些历史教训拿来作为向怀王进谏规劝的材料，希冀怀王能从中吸取经验教训，而同时，他自己也从中汲取可资借鉴的东西，进而严格约束、控制自己。这是屈原之所以“好修”的原因之一。其次，楚国由于君主昏庸、奸人猖獗而致使朝政衰败，屈原对此痛心疾首，他亲眼看到昔日的众芳草——他的弟子们，由于局势的恶化而变心，芳草成了恶草——“兰芷变而不芳兮，荃蕙化而为茅。何昔日之芳草兮，今直为此萧艾也?”(《离骚》)造成这种状况的原因，屈原认为，也是没有“好修”——“岂其有他故兮？莫好修之害也。”(《离骚》)因此，他要大力倡导“好修”，对己如此，对人——君主、臣子、弟子均如此。这是屈原力倡“好修”的又一原因。

四、“好修”的楷模

要“好修”，必要有“好修”的楷模，以之为效法对象，使自己努力修身洁好。在屈原心目中，其实早有了“好修”的楷模，他们是：“操筑于傅岩”而被殷高宗武丁信用的傅说；曾为屠夫、老而垂钓于渭水之滨，幸遇周文王而受重用的吕望(姜太公)；饲牛时唱“饭牛歌”，齐桓公闻而任其为辅佐大臣的商贩宁戚——这些人虽地位卑下、境遇困窘，却都因“中情”“好修”，虽身处逆境却“无媒”而受举，其根本原因是他们本人均为“好修”之士，且又遇上了贤君。

不过，这些人在屈原心目中还只是一般榜样，真正理想而又被他所崇奉的楷模，则是他在诗作中多次言及的彭咸——

虽不周于今之人兮，愿依彭咸之遗则。

……

既莫足与为美政兮，吾将从彭咸之所居。

（《离骚》）

望三五以为像兮，指彭咸以为仪。（《抽思》）

独茕茕而南行兮，思彭咸之故也。（《思美人》）

屈原将彭咸视为“前修”，是他发自内心的心声，到报国无门、走投无路时，他又一次发出了肺腑之音：“吾将从彭咸之所居。”可见，彭咸是屈原心目中始终如一的，最崇高、最理想的楷模。

五、“好修”的特点

由《离骚》诗，我们可以大致归纳出屈原“好修”的特点：

其一，时时严以修己。屈原十分注重培养自身美好的人格，诗中采撷各种芳草修饰自己，即象征了他努力培植自己各种美好的品德。与此同时，屈原还矢志不渝地坚持追求自己既定的理想，为了达到自身美好人格与美政理想的融合与统一，他始终严以修己：当“荃不察余之中情兮，反信谗而齌怒”时，他“固知謇謇之为患”，却“忍而不能舍也”，依然不变希图整治楚政、冀君主觉悟的立场；当“众皆竞进以贪婪兮”“各兴心而嫉妒”时，他“恐修名之不立”，毅然表示“謇吾法夫前修”“愿依彭咸之遗则”；当党人们“背绳墨以追曲”时，他“宁溘死以流亡兮，余不忍为此态也”；当“进不入以离尤”时，他“退将复修吾初服”；当“芳与泽其杂糅”时，他始终不变初衷，“唯昭质其犹未亏”——屈原就是这样，时时、处处严以修己，始终保持自己洁身自好的品格。

其二，以“好修”要求他人。屈原不仅自己“好修”，也同样以“好修”为标准衡量、要求他人。他在任左徒及三闾大夫时曾教育、培养过一批学生，他殷切期望这些弟子能成为楚国的人才，他说“余既滋兰之九畹兮，又树蕙之百亩。畦留夷与揭车兮，杂杜衡与芳芷。冀枝叶之峻茂兮，愿俟时乎吾将刈。”他对君主也同样以“好修”视之，前代贤君，如尧、舜、禹、汤、武丁、周文、齐桓，他都列为“前修”，而对怀王，则称为“灵修”。黄文焕《楚辞听直》：“其曰灵修者，原自矢以好修，望君以同修也。”也就是说，屈原希望怀王也能像“好修”的“前修”们一样，修明法度，举贤授能，使楚国振兴、强盛。只是昏庸的怀王并没有像屈原所期望的那样做，这对屈原无疑是沉重的打击。

其三，“独好修以为常”。屈原对“好修”奉行的准则是“独好修以为常”，意即，要毕生“好修”，自始至终“好修”，将“好修”视作人生的一种准则、一种难以移易的誓念。由于“好修”，屈原遇到了难以预料的打击：“众女嫉余之蛾眉兮，谣诼谓余以善淫。”连他的亲人也加入了责难者的行列：“汝何博謇而好修兮？纷独有此姱节。”然他并没因此而变易初衷，他仍一如既往，坚持“好修”——“虽九死其犹未悔”“虽体解吾犹未变”，其精神之可嘉，达到了令人赞叹的地步。

六、“好修”的目的

屈原如此坚持“好修”，目的是什么呢？《离骚》为我们做了解答：“恐修名之不立”。这里，所谓“修名”，非时俗之“美名”，也非孔子所云“君子疾没世而名不称焉”

之“名”，而是如司马迁《史记·屈原贾生列传》所说“其志洁，其行廉……推此志也，虽与日月争光可也”之“志”，正是为了此“志”——“修名”，他才如此孜孜不倦，锲而不舍，终生奋斗不已。

由此，我们也就可以明晓《离骚》诗中一系列“修”字的内在关系及其含义了。

“修”“修能”，是“好修”的组成部分；“修名”是“好修”的目的；“前修”“灵修”是屈原赋予前代与当代君主的美称，其中蕴含了对当代君主的希冀；修姱、信修，是屈原坚持“好修”过程中企望达到的境界——所有“修”字，几乎均以“好修”贯穿，构成了屈原独特的人格修养网络，展示了《离骚》诗的主题与主人公崇高人格和理想追求，故而蒋骥说：“盖通篇以好修为纲领。”（《山带阁注楚辞·楚辞余论》）

由“好修”，我们可以明晓屈原之所以能成为我国历史上受千百万人敬仰与赞颂的伟大诗人的内在原因，因此，我们称屈原是“好修”的哲人，乃再恰当不过的评价。

第四讲　屈原属于世界一流大诗人

1953年，世界和平理事会向全世界郑重公布了当年所要纪念的世界四大文化名人，其中之一就是中国伟大的诗人屈原。这表明，屈原不仅是中国的文化名人，也是被世界公众所承认的文化名人，这无疑是我们华夏子孙的骄傲和自豪。

然而，屈原以其成就、贡献与名望，在世界文学史上应占有何等地位，似乎迄今尚无确论，这里，拟从横向和纵向两个方面，对屈原的地位做全方位的审视——横向，世界上古时代的诗坛；纵向，上古至19世纪末世界的诗歌发展史——由此对屈原做一个较为客观的定位与评介。

横向扫视世界上古时代诗坛

习惯上，我们将世界历史的发展划分为四大块：上古、中古、近代、现当代。从屈原所处时代看，应属世界历史的上古阶段，具体为——公元前4世纪至公元前3世纪左右[1]。

公元前3世纪之前的世界诗坛，除中国外，能在诗歌史(及文学史)上予以一谈的，主要是古巴比伦、古埃及、古印度、古希伯来及古希腊，其他国家与地区，就很难数上了。这些国家与地区，在世界上开发最早，文明也最早，它们的文学在国家的早期发展史上曾留下灿烂的篇章。

与中国一样，这些国家与地区早期的文学创作以诗歌为代表(包括歌谣、民谣等)，作者们以诗的语言记录了人们对大自然及人生的祈求、探索与向往，借以表达自己的喜怒哀乐。这种现象，反映了人类幼年时代在语言的创造组合与思维方面具有大致相同的能力与特征，而并不因地区与民族的不同而呈现出差异，这是由人类在这个时代整体生产力水平低下所造成的。因此，我们惊异地看到，这些国家和地区的诗歌作品所反映的内容，与屈原诗歌所记录的，有着近乎一致的相似。

产生于公元前15世纪至公元前14世纪的古巴比伦创世神话《埃努玛·埃立什》，是世界上关于创世故事的最早

① 对屈原的生卒年有多种说法，但大体时代不早于公元前4世纪，不迟于公元前3世纪，属于历史中的上古时期。我们先粗略扫视一下此阶段内世界诗坛的概貌及其特点，然后再与屈原做一比较。

的神话之一，它以诗体写成，内容描述开天辟地的经过，歌颂巴比伦神的伟大。神话中写到了太古之初，混沌一片，无“天”无“地”，只有分属阴阳两性的咸水与甜水，它们是最初的神，结合后造就了众神。由于众神间存在矛盾与纷争，互相残杀，最终以神的尸体构筑了穹隆、大地，以神的血造出了人类，从而开始了天地、人类的历史。

古希伯来《旧约 · 创世记》中，写到了神创造了宇宙一切，第一日创造了天地昼夜，第二日创造了空气和水，第三日创造了海陆及草木果蔬等植物，第四日创造了日月星辰、岁时节令，第五日创造了鱼鸟动物，第六日创造了野兽、昆虫和人，第七日创造完毕。同时，神又造了亚当，并从亚当身上抽出肋骨，造出了夏娃，亚当、夏娃结合，繁衍了人类。《旧约 · 创世记》中还写到了洪水神话，说洪水泛滥，水势浩大，闹了 150 天洪灾，最后由神唤风吹地，洪水才退去。

古巴比伦史诗《吉尔伽美什》中也记载了类似洪水的故事。这些关于天地开辟、人类创始与洪水的神话传说，屈原《天问》中有明确记载，诗中诗人以发问形式写道：“曰：遂古之初，谁传道之？上下未形，何由考之？冥昭瞢暗，谁能极之？”这是对天地起源的认识与发问。对人类起源，屈原问道："女娲有体，孰制匠之？"对洪水泛滥，屈原问道："不任汩鸿，师何以尚之？佥曰何忧，何不课而行之？……洪泉极深，何以填之？地方九则，何以坟之？……鲧何所营？禹何所成？"有趣的是，同样的发问，同样的叙述创世神话，古印度《梨俱吠陀》中也可见："一切东西都不曾存在，光明的天空不曾在彼处，广大的苍穹也不曾在上面展开。什么东西遮住一切？什么东西曾掩护着？什么东西曾隐藏着？这曾否是无底的深渊？"古埃及在公元前20世纪左右时曾兴起过对太阳神的崇拜，它们的诗歌作品中将太阳神奉为最高神，对其高度礼赞。一首题名《阿顿颂诗》的诗，这样写道：

在天涯出现了您美丽的形象，
您这活的阿顿神，生命的开始呀！
当您从东方的天边升起时，
您将您的美丽普施于大地。
……

读着这颂辞，我们油然想到了屈原《九歌·东君》的开头：

暾将出兮东方，照吾槛兮扶桑。

抚余马兮安驱，夜皎皎兮既明。

这里的“暾”指太阳，而“东君”则是太阳的驭神。诗篇讴歌太阳驭神，实际也包含了礼赞太阳。类似的赞颂辞，古埃及《亡灵书》中也可见，古埃及歌颂太阳的诗特别多，从时代上说，它们堪称世界诗坛上最早赞颂太阳的作品。

如上所述，屈原诗歌在内容上，与世界上古时代其他一些国度与地区的诗歌作品有着不少相似与合拍之处，而在诗歌的体裁形式上，屈原显示了自己的独特之处。古巴比伦、古埃及、古印度、古希腊，它们的诗歌体裁大都以叙事为主，呈史诗形式，它们往往篇幅宏大，以故事情节铺展诗章，典型作品如《吉尔伽美什》(古巴比伦)、《伊利昂纪》、《奥德修纪》(亦译《伊利亚特》《奥德赛》——古希腊)、《梨俱吠陀》(古印度)等，而屈原则不然，不论《离骚》《天问》《九歌》《九章》，均以抒情为主，叙事为次，即便是《离骚》，前半段叙事成分较浓，但总体上仍属抒情长诗，以抒情为主，算不上史诗。从抒情角度言，上古时代能与屈原作品媲美的，唯有古希腊抒情诗人萨福与阿尔凯奥斯，以及古埃及的《亡灵书》。萨福及阿尔凯奥斯的作品虽抒情味浓，但在作品的结构、气势与内蕴上均逊于屈原，缺乏大诗人气魄，且他们所写，均与诗人本身的经历与情感表述没有关系。而古埃及《亡灵书》虽具抒情性，却大多为与宗教有关的赞美诗，赞颂神与国王，与诗人本人思想情感毫无关涉，不属诗人的个人创作，而是颂赞性的诗歌。

由此，我们大致可得出以下一些看法：

其一，无论中国还是东、西方任何一个早期文明国家和地区，其文学发展的初级阶段，均以诗歌形式反映和表述人们对大自然的描摹与渴望，抒发情感；诗歌语言是人类最早用以表达情感和认识外部世界、倾吐内心理想的工具，在这个工具的使用方面，中国不逊于其他任何文明。

其二，屈原作品所反映和表现的内容，与世界上古时代其他国家与地区诗人作品中反映和表现的内容，有着惊人的相似，这是由于人类早期阶段极为低下的生产力水平和共通的人性，导致了相类似的认识能力和表达能力，反映在文学上(诗歌作品中)，便表现出了共同之处。

其三，屈原作品长于抒情的特点及成就，体现了中国传统诗歌的特色，表明屈原在世界上古诗坛是一棵参天大树；而从诗歌体裁形式角度看，屈原诗歌毫无疑问是世界诗歌史上抒情诗早期发达的标志，是世界抒情诗发展长河中的第一块里程碑，屈原本人，则毫无疑问，应是世界早期诗歌史上第一位杰出的抒情大诗人。

世界诗歌发展史的纵向鸟瞰

如果我们转而对世界诗歌历史发展做纵向鸟瞰，那么，从上古到19世纪末，最可与中国大诗人屈原相比的，应当是相传为古希腊著名史诗《伊利亚特》《奥德赛》作者的荷马，他是欧洲文学史上第一位伟大诗人①，两部宏伟史诗的诞生使他成为西方文学史上的诗圣，他的时代比屈原早四至五个世纪。然而，屈原与荷马在创作上毕竟范畴不同，荷马为史诗，屈原为抒情诗，难以做同类比较。不过，有一点是明确的，屈原在中国诗坛的地位犹如荷马在欧洲诗坛的地位，从这个意义上说，两人可以相提并论，只是由于客观原因，屈原在世界上的知名度远比荷马小得多。

从诗歌创作进行多方位考察，我们以为，屈原应该也可以同西方诗歌史上出现的一流杰出大诗人——意大利的但丁、英国的莎士比亚和弥尔顿、德国的歌德、俄国的普

---

① 对荷马是否实有其人，两部史诗是否确为荷马所作，迄今仍有争议。经19世纪60年代德国人亨利·谢尔曼考古发掘与20世纪30年代美国考古队勘察，发现了特洛伊城遗址，其与荷马史诗可相印证，从而增强了荷马史诗的可信性。

希金等相比较，这能使我们更清楚地看到屈原在世界文学发展大坐标中的确切位置。

我们试从以下三个方面做考察、分析和比较：

其一，在充分汲取民歌养料基础上独创新诗体。诗人的创作往往离不开民族、民间的土壤，越是成功的、代表诗人心声的诗作，越是渗透了丰厚的民族、民间养料，屈原在这方面与上述大诗人相比，是最早做出贡献并取得成就的。

屈原的诗歌，充分体现了受楚地民歌影响的色彩，《楚辞》姓“楚”即是一个显证，故而宋代人黄伯思说楚辞“书楚语，作楚声，纪楚地，名楚物”(《翼骚序》)。具体地说，《离骚》诗从格局上看，是对《诗经》四言体的一大突破，开创了骚体这一新形式——杂言体式，运用语气词“兮”字，篇幅加长，结构复杂庞大，气势宏伟，这种格局的形成，很大程度上同借鉴楚地民歌形式有关系①。而《九歌》组诗，则更是直接在楚地民歌(祭歌)基础上“去其泰甚”(朱熹语)、做艺术加工后的产品。在这方面，能与屈原相比的，大约是意大利诗人但丁，他的代表作《神曲》，是一部用三韵句写成的长诗，这种三韵句是但丁以

① 当然还有其他因素，前已述及，兹不赘。

意大利当时民间诗歌常用的一种格律为基础创制的。《神曲》全诗中，但丁没有采用当时正统的官方语言——拉丁文，而是使用了佛罗伦萨—托斯卡纳地区的方言，同时在诗章中借鉴了许多民间行吟诗人的作品，穿插运用了大量民谣、民谚，这使他成为意大利文学史上第一位杰出的民族诗人。除但丁外，俄国的普希金也在他的创作中大量吸收了民间艺术的养料，他的《鲁斯兰与柳德米拉》一诗即是根据民间故事传说，用民族语言写下的，这部作品被认为是俄国文学史上诗歌转变的开始，它建立了浪漫主义诗歌的自由文学形式及创作方法。正由于普希金在创作中多方面广泛运用了俄罗斯民间素材并以民族语言创作，他被公认为是俄罗斯文学的“始祖”“俄国诗歌的太阳”。不过，与中国的屈原、意大利的但丁相比，普希金似乎没能创制出新的诗体。英国的莎士比亚以创作剧体诗享誉诗坛，他的十四行诗创作被认为是英国乃至世界十四行诗创作的高峰，人们称他创制的十四行诗的诗体韵式是“莎士比亚式”或“英国式”的。可惜莎氏的这一新诗体（十四行诗）并非来源于英国民间，而属于舶来品，它早先创立于意大利的彼特拉克，16 世纪初由英国的两位贵族爵士移植到了不列颠。当然，我们完全可以说，莎士比亚创作的大量剧体诗（戏剧作品）中，相当部分内容（人物、情节乃至语言）是在汲取英国民间艺术养分基础上的改造(包括故事传说、历史史料及民间语言),但毕竟在创制新诗体的贡献上,莎士比亚显得不如屈原与但丁那么鲜明、突出。

其二,将宗教与诗歌创作高度融合创奇幻之作。将传统宗教或原始宗教的内容与形式注入诗歌创作之中,使之化为作品的有机组成部分,让作品染上奇幻瑰丽的色彩,这是诗人创作具有独特艺术风格、浓郁民族地方特色作品的重要前提。在这方面,屈原、但丁、弥尔顿、歌德等人都取得了相当出色的成就,具有异曲同工之效。

但丁的《神曲》实际上是一部受中世纪宗教文化影响、具有宗教神秘主义色彩的宏伟诗篇。诗人巧妙地运用基督教的神话传说作为素材,糅合了意大利当时的重大政治事件与政治人物,从中反映意大利社会与诗人本身的思想感情。具体地看,诗歌中的宗教成分反映在作品的整体构思设想中,即主人公在梦幻中由维吉尔、彼亚特丽丝分别做向导,从地狱经炼狱到达天堂的游历、修炼过程,它是基督教说教的具体表现。其中三个境界的人物安排,是宗教道德观念与诗人自身情感融合的产物。诗人创作这部作品,完全是以中世纪宗教的梦幻形式来构思布局的,它使作品在具有丰富内涵的同时，染上了浓烈的浪漫瑰丽的色泽。[1]

弥尔顿的三部杰作《失乐园》《复乐园》《力士参孙》，其故事题材分别取之于《圣经》中的《创世记》《路加福音》与《士师记》，诗人以《圣经》中这些篇章的有关情节与人物形象为蓝本展开情节与想象，化成三部分别具有高昂雄浑风格、璀璨瑰丽语言、汹涌澎湃感情的史诗、剧体诗，使之成了名垂诗史的杰作，弥尔顿自己也因此被诗坛誉为与莎士比亚并列的英国大诗人——堪称英国的荷马与但丁。

歌德的鸿篇巨制《浮士德》，是歌德一生创作的最高峰，其中靡非斯特的形象，取之于基督教的《圣经》，诗开首部分的《天上序幕》与第二部结尾，均受《约伯记》启发写成；诗中靡非斯特之所以会同浮士德一起云游世界，并最后灵魂升天，也是得助于宗教影响。歌德自己曾坦率表白："得救的灵魂升天这个结局是很难处理的。碰上这种超自然的事情，我头脑里连一点儿影子都没有，除非借助于基督教一些轮廓鲜明的图景和意象，来使我的诗意获得适当的、结实的具体形式……"[2]

---

① 徐志啸：《文学与宗教》，《中州学刊》1988 年第 2 期。

② 歌德：《歌德谈话录》，北京：人民文学出版社，1985 年，第 244 页。

屈原诗歌这方面的特征似更为显著，他与但丁、弥尔顿、歌德等人有所不同的是，诗歌中所染着的色彩是原始宗教的巫风巫术。试看，《离骚》中，当主人公在天国巡游求女时，因“理弱而媒拙”“哲王又不悟”时，他便“索藑茅以筳篿兮，命灵氛为余占之”；当“欲从灵氛之吉占兮”“心犹豫而狐疑”时，他便求“巫咸将夕降兮，怀椒糈而要之”；当“灵氛既告余以吉占兮”，他便“历吉日乎吾将行”。整个在天国的过程，几乎都与求灵氛占卜、巫咸降神有关。这种占卜、降神，便是楚地巫教的浓重体现，诗人将其化入了诗章之中，使诗章自然带上了奇幻色泽。又如，《九歌》中分祭天地之神，以祭祀、祈祷形式载歌载舞，迎神、颂神；《招魂》《大招》中呼唤四方，以招人之魂；《卜居》中请太卜郑詹尹端策拂龟卜测；等等，这些都是楚地巫风巫术在诗篇中的具体体现。正是这些内容与成分的有机融入，才使屈原的作品具备了楚风特征，富有深层的魅力，形成了浪漫、奇特的风格。[①]

可见，正是中外诗人们在其创作中有意识地运用了宗教内容与形式，才使作品带上了宗教色彩，在艺术上显著地体现了奇幻、瑰丽、浪漫的特色（这当中，诗人本人并

---

① 此处所述，仍从 25 篇作品均为屈原所作说。

非一定是宗教徒）。在这方面，上述几位大诗人的努力虽程度不同，然其艺术效果都是成功的，相比之下，从时间上看，屈原最早。

其三，超时空想象的天才发挥与多风格样式的综合体现。比较屈原与世界一流大诗人诗歌创作的共同特点，我们发现，超时空想象的天才发挥是十分鲜明的表现。他们的作品都以超乎寻常的思维方式，做超越时间与空间的艺术构思，设想诗人或诗篇主人公离开现实人世，进入宇宙天际，做奇异浪漫的“仙游”“神游”，或上天入地，或求神问鬼，在读者眼前展示以宇宙空间为背景的画面，画面上活动着的是大自然与人世间的神怪鬼物，其情节荒诞离奇，其色彩变幻莫测，其风格神奇浪漫。①

例如，但丁《神曲》中描述了诗人在向导引导下经历了奇特的“三界”：地狱——巨大无比、如漏斗状的深渊，直达地心，这里是痛苦与绝望的处所；炼狱——耸立在南半球海洋中的雄伟高山，气氛柔和，弥漫着宁静与希望；天堂——充满了喜悦、幸福，整个光辉照耀。这“三界”的旅行虽说乃受中世纪宗教梦幻启发，但诗人将其化作诗歌的内容，融入了丰富的想象与大胆构思，其中尤其是进入天

---

①徐志啸：《中西神游诗论》，《求索》，1991 年第 2 期。

堂后的奇妙境界描绘，纯属诗人天才想象的结果。人们在惊叹这“三界”的大胆设想之余，不得不佩服诗人超人的艺术才华。

歌德的《浮士德》中，写了靡非斯特与浮士德两人遨游世界的情节。靡非斯特把黑色外套变成了一朵浮云，载着浮士德与自己云游世界，他们飞到了阿尔卑斯山麓，神游了希腊，又和希腊神鬼们共同参加了夜会，最后，天界的仙使们将浮士德救出，让浮士德灵魂升入了天堂。

屈原的《离骚》《远游》在表现想象力的丰富、大胆上，毫不逊色于但丁、歌德。《离骚》后半部，诗人设想自己离开了人世，“驷玉虬以乘鹥兮，溘埃风余上征”，到宇宙天际去寻找理想境界。他令驭使羲和策马，命月神望舒为先驱，嘱风神飞廉做追随，“览相观于四极兮，周流乎天余乃行”。《远游》篇中更是通篇在天际遨游，开首是“轻举而远游”，继而是“载营魄”“掩浮云”“经营四荒”“周流六漠”，倘无奇谲的想象力，绝不可能展现出如此的神游。

奇特的构思，丰富的想象，为读者铺展了一幅幅神奇绚丽的画卷，令读者心驰神往，不胜赞叹。相比之下，屈原的《离骚》与《远游》在构思的整体框架与想象的规模气势上，不及但丁的《神曲》与歌德的《浮士德》，但想象的奇幻与构思的精巧却未必不如，从世界文学的发展轨迹看，屈原在运用超时空想象手法上，远早于但丁、歌德等大诗人。

此外，屈原作品还有一个突出特点明显强于其他大诗人，即在作品的多风格、多样式的综合体现上。屈原的25篇作品从总体上看，构成了一种多姿多彩的风貌：既有具相当叙事成分，并富一定现实性的作品，如《离骚》《九章》，又有富浓厚抒情色彩并突出浪漫风格的作品，如《九歌》《招魂》《远游》；既有杂言句式结构的骚体型作品，如《离骚》《九章》，又有四言句式结构的作品，如《招魂》《大招》，还有发问式结构的《天问》，答问式结构的《卜居》《渔父》；既有结构宏伟的鸿篇巨制，如《离骚》，又有篇幅短小、结构简单的小诗，如《卜居》《渔父》——真正是繁花纷呈，体式多变。这方面，虽然但丁、莎士比亚、歌德、弥尔顿、普希金等诗人也各显其姿，却都不如屈原那样在为数不多的作品中呈现出如此的多变性。但丁写过抒情诗《新生》，也有史诗《神曲》，后人为他编定的《歌集》中收录了他写的多种题材作品——爱情诗、赠答诗、寓意诗、道德诗。莎士比亚主要创作剧体诗，这是一种无韵的诗歌(类似散文诗)，此外他还写了大量十四行诗。弥尔顿早年写过十四行诗，晚年创作了三部不朽的史诗。歌德除了《浮士德》长诗外，还写了不少生动活泼的抒情小诗。普希金一生写了800多首抒情诗、十几部叙事诗，它们的形式与韵律也呈现了丰富多样的特点，表现了这位俄罗斯大诗人的过人才华。毫无疑问，多风格、多样式是以上这些大诗人的共同特色，只是比较起来，屈原尤显得作品数量少而形式变化多。

从以上横向与纵向的比较中，我们可以清楚地看到，屈原是一个能傲立于世界一流大诗人之列而毫无愧色的伟大诗人，他的作品的价值，他的诗歌的艺术成就，决定了他绝对是世界文学史上少数一流大诗人。有人曾说，在中国这样一个诗的国度里，列出十大诗人，屈原理所当然地应列其中，而要推举一位能代表中国风格、中国成就与特色的诗人，屈原也是少数几个候选人之一；推而广之，倘若我们要列出世界十大诗人，笔者以为，大约中国的屈原也能跻身于内[①]。屈原其人及其作品，不仅艺术成就令人惊羡，他人无可企及，且其人格以及作品内涵所包容的真挚情感、真诚呼唤、爱民挚情，足以使他成为一位为民族歌唱终生的伟大的民族歌手而在文学史上傲视千古。故而，我们可毫无愧色地称屈原是——世界一流大诗人。

---

①对此，自然会有各种看法，这里表述的仅是笔者的个人见解。

第五讲　惊世的《离骚》　奇特的《天问》

惊世骇俗的《离骚》

标志屈原作为伟大诗人的成就、风格及其人格精神最集中、最典型的代表作，是他写下的抒情长诗《离骚》。这首诗，无论从内容上还是艺术上看，都堪称空前绝后——之前的《诗经》时代，乃至更前的先秦古歌时代，不可能也绝不会诞生如此博大精深、充满艺术光彩、惊世骇俗的作品；之后的诗人及其作品，千百年来涌现了无数，也由于身世经历、理想追求及天赋功力等诸因素，不可能再出现如《离骚》般的鸿篇杰作——尽管不少人曾予以仿效和模拟。

《离骚》毫无疑问是一座丰碑，一座无可企及的丰碑。由于《离骚》的问世，中国文坛从此站立起了一位伟大诗人的形象，也由于《离骚》的问世，中国诗歌史从此开创了一个新的时代——楚辞时代，其影响波及汉以后历代诗歌创作（还包括赋等文体）。从某种意义上说，没有《离骚》，即没有今日我们所知的屈原，更没有所谓世界文化名人屈原。《离骚》由屈原创作，而屈原也正因为创作了《离骚》而名垂千古、蜚声世界。因此，可以说，某种程度上，是《离骚》玉成了人们心目中的屈原。刘勰在《文心雕龙·辨骚》中所称誉的“金相玉质，百世无匹”“气往轹古，辞来切今，惊采绝艳，难与并能”，虽是就屈原全部作品而言，却主要是针对《离骚》的，倘无《离骚》，这个评价绝对要大打折扣，至少不会达到如此高度。

长达370多句、2400多字的叙事性抒情长诗《离骚》，堪称屈原的生平自传，也是屈原发自肺腑的心灵之歌，它唱给楚国君主，也唱给楚国人民；它以厚实的内涵、丰富的想象、惊人的辞采、炽热的心怀，向世人、向后代，展示了一位哲人的胸怀和智慧、理想和追求。虽然这位哲人的生命最终以自尽而告结束，但其引起的震荡，却千年百代难以寂灭。

对于《离骚》诗题之义，历来学者争议颇多，“离骚”两字究竟应作何解，各种注解异说纷纭。由诗的内容及诗人的创作宗旨，并结合楚国时代来看，现代学者游国恩的解释较为可取。“离骚”具双重含义：其一，表明它是楚国的一种曲名，与《劳商》相通（《大招》：“楚《劳商》只。”）；其二，寓意牢骚、不平。至于屈原为什么会创作《离骚》长诗，司马迁《史记·屈原贾生列传》中说得十分清楚——“盖自怨生也”：

> 屈平疾王听之不聪也，谗谄之蔽明也，邪曲之害公也，方正之不容也，故忧愁幽思而作《离骚》……屈平正道直行，竭忠尽智以事其君，谗人间之，可谓穷矣。信而见疑，忠而被谤，能无怨乎？屈平之作《离骚》，盖自怨生也。

同时，他的创作宗旨中还有一层意思，即如《史记·屈原贾生列传》中所说：

> 眷顾楚国，系心怀王……冀幸君之一悟，俗之一改也。其存君兴国，而欲反覆之，一篇之中，三致志焉。

可以说，屈原创作《离骚》，充分验证了他自己所说的“发愤以抒情”（《惜诵》）——由愤怒而激发出了诗情。很显然，屈原是“愤怒出诗人”的典型。

作为带有自传性质的抒情长诗，屈原在《离骚》一开首即十分自豪地叙述了自己的出身世系、生辰与命名。这有两个作用：其一，表明自己出身的高贵——属上层血统，为楚望族后代；其二，先天具有内美——世系美、生辰美、命名美。大约正是这样的显示与表白，才能首先让人们了解“我是怎样一个人”，同时更衬托下文“重之以修能”的不易——已经有了先天之优越条件，还不满足，还要再做修饰与装扮，可见主人公是个极度爱美者——换言之，它告诉我们，诗人是个具有强烈理想追求的人物。

这里，诗人在《诗经》基础上巧妙运用了比兴手法，将香花美草引入了诗章，以之作为装饰物，作为“修能”之具体对象，而实际是指修身之美德。如此一个饰满了楚地香花美草的女子——作者自身，却依然担心青春之易逝、“美人之迟暮”——因为“日月忽其不淹兮，春与秋其代序”。这实际上告诉人们，必须抓紧时间，否则时不我待，错失良机，再难以赢得君主的信任。很显然，他倾诉的是渴望早日辅佐楚王、施展抱负的心声。

然而，仕途处处有风险，为国报效的道路并不一帆风顺。前代贤君由于“遵道而得路”，前代暴君因为“猖披”而“窘步”——历史的经验值得记取。眼下，诗人面对的是“党人”“偷乐”，前途“幽昧以险隘”，要闯过去，为国运社稷考虑，唯有不怕自身受灾殃。

其实，诗人并不怕小人的谗言诽谤，倒是怕君主的偏听偏信、不察“中情”——事情本身又果真如此，于是，他只好不惮忧患，屡上谏议，向上天发誓自己是完全出于楚国和君王的利益考虑。

毫无疑问，诗人希望效法的美政典范，是历史上的贤君尧、舜、禹、汤等。他追求的目标是明君贤臣相辅相成，他所寄托理想的对象是楚国君主。尽管现实是“党人”“偷乐”，可他仍然不改初衷，这就决定了他与“党人”之间要发生尖锐激烈的矛盾冲突，而“灵修之数化”，则又明显预示着他将在这场“搏斗”中彻底失败，以悲剧告终。

诗篇其实在上述开首部分即已揭示了矛盾冲突点，隐含了悲剧的因子，但诗人还是要将叙述层面全面展开，这是诗人的刻意用心所在。他要酣畅淋漓地铺叙全过程，要充分地剖露自己的心灵，展示他追求理想的执着精神。于是，诗篇以较大篇幅对上述内容又做了详尽的描画、尽情的叙述。于是，我们从诗章中读到了以下内容和特色：

第一，诗人几乎尽遣楚地香花美草于笔端，将其比喻为修美装饰物、教育培养对象和修身美德之象征，反映了诗人的爱美心态、崇美精神；而这种比喻本身，又显示了比兴手法在《离骚》诗中恰到好处的运用，为诗章增添了色彩与魅力①。诗中写到的花草名有几十种之多：江离、辟芷、秋兰、木兰、宿莽、申椒、菌桂、蕙茝、兰、留夷、

① 这里还应包括以臭花恶草比喻奸臣党人、昏聩君主。

揭车、杜衡、芳芷、秋菊、薜荔、芰荷、芙蓉……这一切，诗人并不是在单纯做植物名称的罗列，而是将各种植物与所要叙述的事物、过程及自己内心的追求有机地结合，表明他追求高洁，修身养性，期待后生与实现理想。

第二，诗人面对的现实确实是严酷的，原先企图培植的人才，不料都变了——“哀众芳之芜秽”，他失去了支持力量与后援；党人们“众皆竞进以贪婪”“各兴心而嫉妒”，恶言秽语都集中到了他身上；整个楚国的时政也变了——“固时俗之工巧兮，偭规矩而改错；背绳墨以追曲兮，竞周容以为度。”一切都颠倒了，黑白混淆，是非不明。但是，诗人并没因此而气馁、而退却，他反复申明自己：“老冉冉其将至兮，恐修名之不立”，“虽不周于今之人兮，愿依彭咸之遗则”，“长太息以掩涕兮，哀民生之多艰”，“虽九死其犹未悔”，诗人以鲜明对比与反复强调的手法，立体地刻画出了一个出淤泥而不染、处乱世而不惊，人格崇高、节操坚贞的人物形象，这个形象给了读者极其深刻的印象。他的外表虽然“高余冠之岌岌兮，长余佩之陆离”，然有奇志才显奇态，一位伟大“奇人”的形象已傲然屹立于楚国大地上。

第三，诗人在追求理想过程中的整个心路历程，诗篇几乎予以全程摄录，这当中的苦闷、彷徨、矛盾、痛苦，无不极为真实地被加以剖白。这里，有两个层面需要阐释：第一个层面，是诗人自我心态的记录，它穿插在身世经历的叙述中，大段大段的自我表白，其实即是述志、抒发内心，因而一些表示决心的句子反复出现，如“虽九死其犹未悔”“虽体解吾犹未变”等；第二个层面，从女媭“申申其詈予”开始，转入设为女媭之詈、重华之陈、灵氛巫咸之占，并远游上天求女，这在艺术形式上是设想、想象的展示，实际上也是心态苦闷、痛苦的一种表现，只是换了一种方式。

第四，毫无疑问，体现奇特浪漫风格的部分，在《离骚》中主要是下半段，诗人充分运用想象与联想，借助神话传说，带着读者步入了另一个天地——理想天国，去追求他在人世间所得不到的东西。当然，诗人想得到的东西，并没在远离人间的天国得到，但他上天求女本身，则是其“上下求索”精神的真实体现。不能想象，没有执着追求的精神，没有矢志不渝的不悔性格，诗人会上天入地去找他要寻找的理想——换言之，正是由于有了诗章前半部分的心志、心态的剖白，才会产生后半部分的遐想与遨游，后半部分的内容完全是建立在前半部分基础之上的，遐想与遨游绝非诗人的“异想天开”，也绝非卖弄技巧、故意炫示，而是诗篇内在逻辑发展的必然结果，是诗人理想追求的实际需要——只是以幻想的形式予以表现而已。

天国遨游的画卷确实令人眼花目眩，没有天才的想象力，没有“博闻强志”的神话知识，根本无法写成如此令人惊叹的诗章。风云雷电、日月星辰，尽被遣之于诗人笔下，诗人轻车熟路地将它们任意调遣摆布，读者仿佛在诗人率领引导下，游历了一番神奇的天国。诗人自己，则实在是有所寄寓而抒发，诗章始终围绕着求女——求理想而展开、铺陈。

第五，三“求女”，这是诗人极为巧妙而有寓意的大胆设想与比喻。求女象征什么？求女象征了诗人对理想的执着追求。他在现实世界实现不了理想，也找不到实现理想的途径，便只能离开现实世界，到想象中的天国去谋求理想的实现，因而，诗章中的女子，便成了理想的化身，媒人则成了实现理想的手段与途径。追求本身很不顺利，困难与阻力重重——这似乎又是现实的“翻版”。值得注意的是，诗人对所追求女子的“苛刻”要求——既要有美貌，更要有高尚道德，还须有正当的媒介，这看上去似乎太过分了些，实际是诗人真实心态的流露——他实在是要寻找能够共同完成美政理想的合作者。从这个意义上理解，所求女子被喻为君主，是可以解释圆通的，不过，这个君主，还意味着“志同道合”。

然而，求女结果也还是失败，这似乎是注定了的，因为现实实在太黑暗了，以至于远离现世来到天国也无济于事——这固然是诗人的一种想象性比喻，实际上是他对自己苦苦追求理想，虽难以实现却矢志不渝的一种形象描述。

求女的设想与比喻既大胆又奇特，与前半部分诗篇中诗人将自己比拟为好修美的女子，是统一体中的两个侧面，前后两者看似矛盾，实则合一——都围绕着追求理想的实现而展开，是诗人天才想象力表现的不同形式。

第六，引进灵氛与巫咸占卜，显然是又一个层面的铺展，目的是再次表现自己的执着追求——还不死心，还要矢志努力。将占卜形式引入诗中，是诗人有意识运用了巫风巫术手段，这与前面上天国求女运用神话传说手段有异曲同工之效。灵氛的回答也是有趣的：“思九州之博大兮，岂唯是其有女？”这里实际起了两个作用：一是展开下一层情节内容，诗人将再度远游；二是提出了一个现实问题，也即当时士大夫们比较共通的一个观念，即何必死守住一方故土？完全可以到异国他乡去施展才华，天下大得很，美女多得很——用今天通俗化的语言来说就是，“何必吊死在一棵树上”“天涯何处无芳草”。然而，诗人却不，他依然故我地上天入地，继续远游，继续追求。这就告诉我们，屈原其实并非不知晓可以离开楚国另展抱负，也并非不知晓如在楚国死守下去后果会是怎样，但他还是固执不变，依然踏上远游征途去上下求索，“聊浮游而求女”“周流观乎上下”。巫咸向诗人列举历史上诸多君臣际遇的例子，颇有说服力，《离骚》中自开篇起，即在不少处提及历史上的事例，这既反映了诗人的“博闻”（他是以历史事例充实诗篇内容），也表明诗人的头脑始终处于清醒状态，他深知鉴往知今，历史的经验值得记取；而实际上，这些历史实例的陈述与罗列，归根结底还是说给当朝君主听的，希望他能从历史经验中吸取教训，从而改变现状。

第七，诗人的手笔大开大阖，既放得开，又收得拢，思路清晰，条理畅达。尽管想象的野马已驰骋到天国的原野，似乎无际无涯了，却又一下子突然收住马缰，戛然而止——“仆夫悲余马怀兮，蜷局顾而不行。”原因何在？“忽临睨夫旧乡”，诗人舍不得离开楚国，舍不得危难中的楚国人民。一般认为，这就是屈原的爱国主义感情，这种感情主宰了他的行动，致使他至死不愿离开楚国。其实，与其说是爱国主义感情，不如说是忠君与恋乡情结，因为春秋战国时代，国家的概念并不明确，士大夫离国离乡、周游列国者比比皆是，何独对屈原要冠以“爱国主义”？传统的文学史大都承袭这一观念说法，其实并不确切，也不符合历史实际，这是以现代观念强加于古人。屈原的真实思想，乃忠君观念与恋乡情结，当然，恋乡情结中也包含了“哀民生之多艰”①。屈原是崇高的，也是伟大的，其崇高、伟大在何处？在于他的人格，在于他对理想的执着追求：他的人格驱使他始终保持了高洁品质，不苟且从俗，不同流合污；他的执着精神，使他对自己所追求的理想矢志不渝，使他能在漫漫长途中上下求索，九死而无悔。这种人格，这种精神，使他成为一位哲人、伟人，为后世百代士大夫所敬仰，至今仍有现实意义。

第八，诗篇在艺术手法上做到了结构完整、叙述有序，体现了诗人清醒的意识与超人的艺术功力。有人以为，屈原创作此诗时处于一种迷狂状态，或半醒半迷状态。这显然是一种误解。从诗篇本身可以看出，屈原其实是很清醒的，条理与逻辑思维绝不混乱，只是艺术表现形式上，有意识采取了类于今日所谓意识流的手法，驰骋想象，上天入地。即使如此，我们也能清楚地看到，他想象的线索十分清晰，思绪的发展很有节律，全诗围绕一个主题展开，绝无半句呓语。

尾声“乱曰”，是全诗的总结，也是诗人向世人发出的

---

①这里的“民生”究指什么，学界多有争议。

一个宣告：他将“从彭咸之所居”。为什么选择这条绝路？理由很简单：“国无人莫我知兮”“莫足与为美政兮”——从自身来说，得不到世人的理解，从国家来说，没有人能支持、协助他实现美政，进不能进，退不能退，上下无路，自然只有一个选择——死。

《离骚》是伟大的，《离骚》是奇特的，《离骚》是惊世骇俗的。诗人将自己毕生的理想、遭遇、痛苦、哀怨、热情、追求，统统熔铸进了这篇宏伟诗篇之中，它所发出的，绝非屈原个人的心声，它是一代士大夫追求理想、追求高尚情操与人格的缩影与写照；作为楚辞的集中代表，它充分展示了奇谲瑰丽的风格色彩，为后世历代文人所惊叹。鲁迅称它“逸响伟辞，卓绝一世”，其影响“乃甚或在‘三百篇’以上”①，绝不为过。

大胆奇特的《天问》

虽然世界范围内以问题形式写成的诗歌并不罕见，中国少数民族地区就有苗族《古歌》，其形式与内容同屈原的《天问》有着类似之处，我们还是要十分肯定地说，《天

① 鲁迅：《屈原与宋玉》，《汉文学史纲要》，北京：人民文学出版社，1973 年，第 20 页。

问》是中国诗歌史上一首由文人创作的极为大胆、奇特的问题型长诗。

在屈原之前，除了原始古朴的古歌谣以外，不可能出现像《天问》这样的文人诗；屈原之后，虽然有不少诗人仿效屈原作品写了一系列拟骚诗，甚至唐代还有柳宗元专门针对《天问》所问问题写成了长诗《天对》作答，却都没有再问世像《天问》这样通篇以问题贯穿的长篇奇诗，这也从另一个角度说明了《天问》的难得。

有人曾公然否认《天问》的价值，古代不说，近现代即有大学者胡适做出过这种判断，他在《读楚辞》一文中说："《天问》文理不通，见解卑陋，全无文学价值，我们可以断定为后人杂凑起来的。"这个断言似乎太过分了些。通读《天问》全诗，我们发现，除了一些地方因发生错简而造成颠倒、误解外，整篇诗的条理线索十分清楚，其所问问题也很有目的性、顺序性，绝非杂凑，更非胡言乱语，它是一首具有独特结构、独特风格的诗歌，在中国诗歌史上可谓独树一帜。

其实，从宏观视野看，像《天问》这样的诗歌，在《天问》之前及之后，世界范围内都曾有类似风格与内容的作品问世，它们的诗章中也都涉及了对世界万事万物起源的疑问。例如，印度《梨俱吠陀》中《创造之歌》第一章第六段写道："孰知其真？孰穷其故？何所自在？何因而作？明神继之，合此造化，是谁知之？孰施行之？"又如，《圣经·旧约·约伯记》说："是谁定天地的尺度？是谁把准绳拉在其上？地的根基安置在何处？地的角石是谁安放的？……光明从何而至？黑暗原来位于何所？"还有，《火教经》写道："谁分大地，下丽于天，以免于倾？水与植物，谁滋生之？谁役风云，周道是遵？呜呼智人，谁更启我善心？"

如果把《天问》与《圣经·旧约·创世记》篇相对照，我们更可发现，它们在宇宙起源、人类起源、洪水泛滥等内容方面，有惊人的类同或相似。这说明了什么？这说明人类早期由于生产力水平低下、生活方式大致相同，导致其在面对客观外部世界时认识大致相同。也即，其时的文学作品，并不因地域差异、民族差异而显出本质的不同，相反，按照文化人类学的理论，人类在早期阶段，由于生产力水平极其低下，其生活方式及由生活方式衍生的文化交流手段、认识世界的能力，都呈现出大致相似的状况，没有太大的差异。

即便在中国，除了前文提及的少数民族地区的苗族《古歌》外，《庄子》中也曾出现过类似《天问》的内容："南方有倚人焉，曰黄缭，问天地所以不坠不陷，风雨雷霆之故。”(《天下》)这更说明了上述文化人类学理论的成立，也进一步证实了屈原创作《天问》的可能性与科学性：它绝非胡乱杂凑的产物。

那么，《天问》是怎样产生的，它的取材来自何方？或者说，是什么动机触发了屈原，使之笔下奔涌出如此多的疑问，构成了令人惊奇莫名的《天问》诗？对这个问题，王逸《楚辞章句·天问序》说得比较合乎情理：“屈原放逐，忧心愁悴，彷徨山泽，经历陵陆，嗟号昊旻，仰天叹息。见楚有先王之庙及公卿祠堂，图画天地山川神灵，琦玮谲诡，及古贤圣怪物行事。周流罢倦，休息其下。仰见图画，因书其壁，呵而问之，以渫愤懑，舒泻愁思。”在没有更能说服人的材料公之于世之前，王逸所说可以作为《天问》创作动因之参考。

对于《天问》所问问题的素材来源，有两个方面可以基本确定：一是《山海经》，一是壁画。《山海经》一书保存了大量的神话传说，此书虽非一人一时所作，但最初成书在屈原创作《天问》之前则可以大致确定，且此书先有图画，后有文字，文字因图画而作。如我们对照《天问》与《山海经》的文字内容，会发现它们之间有不少相合之处。至于壁画，应该肯定，屈原时代的楚国已有相当多的壁画出现，考古发现已证实了此点，汉代王延寿《鲁灵光殿赋》、何晏《景福殿赋》等作品也能从侧面证明。而从屈原自身经历看，他自郢都遭离疏、流放出走后，曾徘徊于汉北一带，而汉水上的宜城正是春秋时楚昭王的郢都，《天问》一诗的问历史传说，恰问到楚昭王时代结束，这不能说是巧合，只能说明屈原曾经在徘徊彷徨途中于先王之庙内仰观图画——壁画。

从《天问》原诗看，它的叙述（发问）顺序十分清晰：首述天上事，次及地上事，再讲人间事，末尾是关于楚国的一段历史。全诗 188 个问题（374 句）分成两个层次——前为问天地，包括大自然形成传说中的混沌初开、天宇形成、日月星辰、洪水传说及一些异闻等；后为叙人事，问及有关人间盛衰兴亡的历史，包括夏、商、周三代史，兼及秦、楚史。概括地说，188 个问题讲了大自然的发展史和人间的发展史两大方面。从题旨上讲，屈原是在政治上遭离疏、流放后，由先王之庙的壁画触发，借神话与历史传说，运用浪漫主义的表现手法——天问这种形式，抒发胸臆，寄托内心情感，从而铸就了这一千古奇诗。

全诗涉及的内容十分广博，既有天文、地理，也有哲学、历史，还包括神话传说等。诗中的问题虽各式各样，却大体可分两大类：一类是诗人自己也难以解答，确属疑问的，这主要是在问大自然发展史部分，尤其是天地起源、人类起源等；另一类是明知故问，表达自己对人类与历史的批判，而以问难方式表述之，这主要在问人事历史部分。后一部分问题，表现了诗人对传统的大胆怀疑，对真理的勇敢探索，并寄寓了他愤世嫉俗的感情。

从诗歌语言句式看，《天问》的特点自然首先是一问到底而无答句的体式。这种大胆奇特的行文方式虽然不属世上独家仅有，然在一般文人诗中毕竟少见，倘没有大家手笔，缺乏一腔激情，是不敢也难以为之的。其次，此诗的句式承袭了《诗经》的四言体，全诗基本上是四言一句，四句一节，每节一韵；其间偶也夹杂多言，显得整饬中有变化、齐整中显参差。至于问句本身，并不局限于一句一问，也有两句一问、三句一问，甚至四句一问的，使行文显得丰富多变，避免了单调、呆板。后人评论《天问》的诗歌语言谓："或长言，或短语，或错综，或对偶，或一事而累累反复，或数事而熔成一片。其文或峭险，或淡宕，或佶倔，或流利，诸法备尽，可谓极文章之变态。"（蒋之翘：《七十二家评楚辞》引孙鑛语）应该说，这评价基本上勾画出了《天问》的特点，貌如其神。

林庚先生在他的《天问论笺》[①]一书序言（代序）中，对

① 林庚：《天问论笺》，北京：人民文学出版社，1983 年。

《天问》一诗谈了总结性的看法，可谓中的之论，我们这里不妨予以转述。林先生认为，《天问》是一部兴亡史诗，它虽然不是叙事体而是问话体，但其内容实质是如史诗一般集中了历史兴亡的故事，且其集中的程度令人吃惊。他说，兴亡史的重点在于问人间历史部分，这是全诗的重点，篇幅也占了一半以上，而问天地开辟部分，则主要是“兴”。他指出，《天问》诗的难读难懂，在于诗中大量的历史传说、神话故事，而尤以神话故事为主，同时，诗中又透出了不少上古时代夏王朝、秦民族的历史，这对我们了解上古时代历史无疑提供了佐证材料，甚有裨益。

《天问》确是一首奇诗，一首不得不令人击节叹赏的大胆奇特的奇诗，然而，我们在惊叹屈原何以会以这样的诗体形式抒发感情的同时，却又不得不承认，《天问》一诗丰富了我们对屈原的全面了解——唯有屈原，才敢于并可能写出《天问》这样令天下人惊叹的奇特诗篇。

第六讲　诗人的艺术之歌

楚民求生长繁殖的艺术之歌

《九歌》是一组颇富原始风味、具有浪漫色彩的诗歌，它是屈原根据传说中民间祭神的原始《九歌》加工改制而成。虽然今人已无法辨出原始《九歌》的真实面目，但从《九歌》中所描绘的诸神及祭礼中，还是可以大致推断出《九歌》创作的实际意义及原始《九歌》的本质面貌，而这对于我们理解《九歌》并进而了解楚地文化与风俗有着相当的意义与价值。

战国时代的楚国，很多地区开化较迟，生产力相对北方较为低下，保留远古传统较多，巫术盛行，这些都为屈原加工改制原始《九歌》，反映上古时代的风俗人情提供了客观依据。可以这样认为，《九歌》从本质上看是对上古楚民祈雨、祈农业丰收，并与性爱、生育繁衍相结合的原始祭歌的再创作，它既有庄严的祭神气氛（如《东皇太一》），又有瑰丽浪漫的情爱色彩（如《湘君》《湘夫人》《山鬼》等），它是对楚人祭神配以男女社交风俗的记录与体现，是情爱与祭神相结合的产物。

让我们具体看《九歌》的篇目组成及其内容。

《东皇太一》是《九歌》的首篇，这在情理上是通的，因为东皇太一是最高的天神，是主宰世间万物滋生与生长的春神，它能唤醒大地上的万物，使其萌发衍生，也关系着人与动物的生殖繁衍。农业生产的播种季节在每年的二三月间，男女相会欢乐的时间在春日。《周礼·春官》郑注："春者出生万物。"《大招》王逸注："春，蠢也。发，泄也。"《招魂》王逸注："春气奋扬，万物皆感气而生。"东皇太一作为主宰世间万物生生不已的春神，自然是人们祭祀的主要对象，因而《东皇太一》篇也就理所当然地列于首位。

紧接《东皇太一》篇的是《云中君》。有人以为这样排列是今本《楚辞》之误，《云中君》篇应在《东君》篇之后①。这个看法欠妥。首先，东君并非太阳，而是太阳的驾车者羲和——日神，这可由《东君》中所写见出："暾将出兮东方，照吾槛兮扶桑。"暾，是旭日——太阳，而"吾"则是

① 清人刘梦鹏(《屈子章句》)、现代学者闻一多(《楚辞校补》)及姜亮夫(《楚辞通故》)均持此说。

东君自指。《尔雅·释天》说："日御谓之羲和。"《离骚》说："吾令羲和弭节兮"。羲和非太阳本身是显而易见的。其次，更主要的，为体现《九歌》之旨，春神之后紧接的应是雨神（云雨之神），而不是其他什么神。原因在于，初民祭祀的主要目的之一，是祈雨，这与春密不可分[①]。那么，云中君是否是雨神呢？答案是肯定的。王逸《云中君》注："云神，丰隆也，一曰屏翳。"[②]《天问》有写："蓱号起雨，何以兴之？"王逸注："蓱，萍翳，雨师名也。"《山海经·海外东经》郭璞注："雨师谓屏翳也。"雨师为什么叫屏翳（蓱）呢？屏翳，这是描述以蓱羽为饰的起舞巫师，羽，象征雨，《释名·释天》说："雨，羽也。"蓱（屏），是一种水鸟，呼号则天雨。

因而，头戴蓱鸟之冠、身披蓱鸟之羽服的古巫形象，意即求雨[③]。殷商时代人们很重视对云雨神的祭祀，其后，比较广泛流传的云雨神，其拟人化名称即为云中君。另外，《山海经》《庄子·天运》等记载，也可证明云中君应是云雨之神。从自然现象看，云雨两者实质上也属同类物

---

① 雨有自然界与人类生殖的双重含义。

② 洪兴祖《楚辞补注》所说同王逸。

③ 颜师古《匡谬正俗》卷四云："鹬，水鸟，天将雨即鸣……古人以其知天时，乃为冠象此鸟之形，使掌天文者冠之。"

象，水汽凝聚而成云，云积聚多了化作雨。云雨在原始初民的想象中应是同一个神，否则《云中君》末尾何以会说“思夫君兮太息，极劳心兮忡忡”？这正是上古楚民盼雨心切，渴望云雨神早赐甘霖的内心吐露。《云中君》紧接《东皇太一》之后是顺理成章的，人们在祭毕春神后，紧续其次的是急盼雨神——下雨，它无论对大自然农作物抑或人类生殖繁衍均至关重要——祭祀、农事、性爱是完全合于一体的。①

《湘君》和《湘夫人》两篇写的是楚境内最大的河流——湘水之神，它们形似两篇，分别冠以“湘君”“湘夫人”之题，实际上浑然一体，互为渗透，反映了湘水之神悲欢离合的恋爱故事。对于“湘君”“湘夫人”各指传说中的什么人物，历来诸说纷纭：有各为舜之二妃说，有“湘君”为娥皇、“湘夫人”为女英说，有舜为“湘君”、二妃为“湘夫人”说，有“天帝二女”说，等等。不论何说，诗篇本身所写乃神之间生死契合、会合无缘的深挚情感，这是毫无疑问的。两首诗笔墨所重，均以一方候另一方始终不见来为线索，于彷徨惆怅中流出哀叹，体现神神恋爱、互

---

① 有关这方面的展开性论述，可参见拙作《九歌：求生长繁殖之歌》，载《文学评论》1990 年第 3 期。

相信守坚贞不渝的爱情的主题。很显然，情爱内容在这两篇诗中占了主要地位。

试看《湘君》所写，通篇是湘夫人思念、期待湘君之情。一开首便是“君不行兮夷犹，蹇谁留兮中洲”，有点责怪湘君何以迟迟不至；继之吐露内心焦灼的思念之情：“望夫君兮未来，吹参差兮谁思?”“扬灵兮未极，女婵媛兮为余太息。横流涕兮潺湲，隐思君兮悱恻。”缠绵悱恻之情于此毕现，正由于此，湘夫人才会发出“心不同兮媒劳，恩不甚兮轻绝”的怨辞。然而尽管如此，毕竟两人情爱绵深，相思难绝，故还是折芳草以寄情：“采芳洲兮杜若，将以遗兮下女。”这正如朱熹所说：“言湘君既不可见，而爱慕之心终不能忘，故犹欲解其玦佩以为赠，而又不敢显然致之以当其身，故但委之水滨，若捐弃而坠失之者，以阴寄吾意，而冀其或将取之。”(《楚辞集注》)

同样，《湘夫人》所写，也是感情真切，情意绵绵。应该指出，从体现瑰丽浪漫色彩角度言，“二湘”篇是《九歌》中色彩最浓的，它们描写男女情爱的成分最多、最真挚。不过，这两篇作品同原始祭祀湘水神的祭词自不可同视，因为它们已经过屈原大手笔的改制，削除了鄙陋猥琐成分，而现出了优美雅致的色泽。但不管怎样，有一点可以肯定，湘水神之恋爱，所表现的是楚民的男女情爱，是他们祈祷男女结合、生子繁衍愿望的一种曲折表达，他们借湘水神而歌咏爱情，是利用祭祀发展性爱的合乎情理的习俗的体现。

《大司命》《少司命》两篇与本文所述主题关系似更切近。对大司命、少司命的解释，诸家说法不一，以王夫之《楚辞通释》为较确："大司命统司人之生死，而少司命则司人子嗣之有无，以其所司者婴稚，故曰少，大则统摄之辞也。……大司命、少司命，皆楚俗为之名而祀之。"《九歌》有祠司命之神，这本身反映了原始初民生存、死亡的意识，司命之神代表并反映了人们对生命无法理解而又祈图永年的意念，这与人类的生育繁衍极有关系。祈祀者对司命之神无疑充满了热情——"折疏麻兮瑶华""结桂枝兮延伫"，委婉地表达了对神灵的爱慕。正由于人们认为自己的寿命掌于神灵之手，故而特别想求得神的保佑、赐福。

如果说，大司命系主寿夭之神，一定程度上还保存有威严、严肃之态的话，那么写少司命的诗章就不仅仅写了司生之神，而且所言郊禖之事，颇具性爱氛围，透露出较浓烈的抒情味，如蒋骥《山带阁注楚辞余论》所说："少司命主缘，故以男女离合为说，殆月老之类也。"诗篇所写也确实透出了这方面的气息。诗一开头四句便写了祀神场所四周的景色，接着是对求子者的慰语，这与少司命之神的身份、职责完全相符。值得注意的是，篇中写到了男女间奔者不禁、幽会之乐、难分难舍的景况——“满堂兮美人，忽独与余兮目成。”“悲莫悲兮生别离，乐莫乐兮新相知。”又写到了郊野之夕宿：“荷衣兮蕙带，倏而来兮忽而逝。夕宿兮帝郊，君谁须兮云之际?”此“帝郊”，无疑即是郊禖之所。诗篇还写了“与女沐兮咸池，晞女发兮阳之阿”。这不得不令人联想到“夕宿兮帝郊”，并产生男女通淫野合之念，唯因此，翌日晨曦方能沐兮咸池、晞发阳阿，而少司命司子嗣与郊禖野合就这样一脉相合。

《河伯》篇可以说主要涉及了性爱。楚国祭祀河神，大约始于战国，春秋时代因楚疆域尚未抵达黄河，而到战国时，楚疆域扩大到了黄河南侧，于是开始祭祀河神，《左传·宣公十二年》载，楚师败晋师于邲，“祀于河。”不过，毕竟楚国与黄河距离遥远，因而《河伯》所写，对河神的祈祷与礼赞少，较多的是爱情生活描写。诗中写到了河伯的恋爱生活，充满了缠绵情意：“与女游兮九河，冲风起兮水横波。”“日将暮兮怅忘归，惟极浦兮寤怀。”“乘白鼋兮逐文鱼，与女游兮河之渚。”“子交手兮东行，送美人兮南浦。波滔滔兮来迎，鱼鳞鳞兮媵予。”清丽委婉的笔调，情真意切的诗句，虽是屈原大手笔改制的结果，却多少能让我们体会到原始祭歌中对河神恋爱的曲折表达与情感寄托。

对《山鬼》篇的“山鬼”应指何者，历来争议颇大。有认为是鬼怪的，把它看作是夔、狒狒、山魈、猿类，如洪兴祖、朱熹、林云铭、王夫之等；有认为是人鬼的，如胡文英、王闿运等；也有认为是山中女神的，如郭沫若、孙作云等。笔者以为，从《山鬼》所写和《九歌》的主题内容而言，重点并不在于山鬼指何者，而是诗篇对山鬼恋情的描画，它分明是祭祀山神时发展男女爱情的曲折表现——将山神人格化而赋予其丰富情感。诗中形象地描写了山鬼的所思与所怨：“被石兰兮带杜蘅，折芳馨兮遗所思。”“怨公子兮怅忘归，君思我兮不得闲。”“君思我兮然疑作”，“思公子兮徒离忧”——形象而又真切地披露了山鬼内心复杂的情愫。《山鬼》篇中还多次写到了雨：“杳冥冥兮羌昼晦，东风飘兮神灵雨。”“雷填填兮雨冥冥”。这些描写从客观上看，是为了烘托山鬼所居环境气候条件的恶劣，渲染突出山鬼虽处逆境却依然不移坚贞爱情之志，从而使《山鬼》成了一篇美丽动人的爱情佳作。这是一方面。另一方面，我们从《山鬼》的写雨，也能体味出楚民的祈求降雨，《礼记·祭法》说：“山林川谷丘陵，能出云，为风雨，见怪物，皆曰神。”古人看到从山谷涌出滚滚白云，以为山峰能兴云作雨，便把山神当作求雨的对象祭祀崇拜，这也是《山鬼》篇写到雨的原因之一，而这种描写本身，自然又一次将祭神、性爱、求雨相融合了。

至此，我们可以对《九歌》下一个总结性的结论了①。《九歌》的本质含义，它是一组上古楚民求生长繁殖的艺术之歌，它所反映表现的内容，从根本上说，是人们用以表达自己希求饮食自存、生命延续和子孙繁衍的强烈愿望。艺术表现形式上，《九歌》杂糅了神与神、人与神的悲欢离合、缠绵情爱，并由此展示了一幅幅动人的画卷，使读者仿佛置身于美妙的境界之中；全诗气氛或庄严，或欢快，或悲郁，组成了一系列形象完美、富有想象力的神的画像，给读者留下了极为深刻的印象。

诗人身世经历的生动记录

如果将屈原作品按内容与风格分类的话，《九章》是属于《离骚》一类的，即其所写，基本上是屈原身世经历的实录——自然，与《离骚》相比，其浪漫色彩少见，风格上大致与《离骚》上半部分相类。

---

① 有关《东君》《国殇》《招魂》三篇分析，参见拙作《九歌：求生长繁殖之歌》，《文学评论》1990 年第 3 期。

但是，话说回来，实录是实录，却绝非平铺直叙，而是运用了多种修辞手法，尤其是比兴，使抒情味增浓。《九章》与《离骚》合在一起，构成了屈原生平的框架与内涵，而具体诗章内容(甚至句式)，则《九章》与《离骚》颇有交叉、重合之处——只是叙述与表现方式不一。

《九章》的命名与其他篇不一，非屈原自题，乃后世整理者另加上去的[①]。原因很简单，《史记·屈原贾生列传》的司马迁“传赞”中说：“余读《离骚》《天问》《招魂》《哀郢》，悲其志。”可见，司马迁其时，只有具体的《九章》中的作品，如《哀郢》，而无“九章”之名，朱熹说得对：“后人辑之，得其九章，合为一卷，非必出于一时之言也。”(《楚辞集注》)

不过，整理编定者也很具慧眼，将基本属于撰写身世经历内容的作品汇集在一起，这便与其他作品如《天问》《九歌》等有所区别了。只是历来对这《九章》中的九篇作品是否都为屈原所作，争议颇大，且历代《楚辞》集子对这九篇的排列顺序也不一，这便造成了种种疑端，给屈原研究(楚辞学)蒙上了层层迷雾。我们认为，在没有更确凿的出土文物、考古资料及文献材料证明条件下，应该承认

① 大约为刘向所加，刘向是整理楚辞作品成集的第一人。

《九章》中的九篇作品著作权均归屈原，尽管它们中有不少窜伪文字、错简及水平参差之处。

九篇作品中，引人注目，与其他篇风格不一且最能引发读者兴味的，大约是篇幅最短的《橘颂》。此首诗，从篇名看，似乎与身世无涉——是颂橘。其实细辨诗意，我们可以发现，它并非为颂橘而颂橘，而是以橘作譬，将橘喻人——通篇以比兴贯穿，前半说橘，将橘人格化，颂橘乃自比；后半说人，把人物性化，自颂以喻橘，前后两部分有分有合、浑然一体，达到了“物我合一”。试读——

后皇嘉树，橘徕服兮。受命不迁，生南国兮。
深固难徙，更壹志兮。绿叶素荣，纷其可丑兮。
曾枝剡棘，圆果抟兮。青黄杂糅，文章烂兮。
精色内白，类可任兮。纷缊宜修，姱而不喜兮。
嗟尔幼志，有以异兮。独立不迁，岂不可喜兮？
深固难徙，廓其无求兮。苏世独立，横而不流兮。
闭心自慎，终不失过兮。秉德无私，参天地兮：
愿岁并谢，与长友兮。淑离不淫，梗其有理兮。
年岁虽少，可师长兮。行比伯夷，置以为像兮。

读《橘颂》，我们最大的感受有两点：其一，作者写橘十分形象、贴切，画出了橘（树）的形，更点出了橘的神，橘(树)在作者笔下显出了它的高贵、雅洁，不同寻常的品质特点；其二，作者实在是言在此而意在彼，写橘(树)的形象、品质，实际即是在描画作者自身的形象与品质，“受命不迁”“深固难徙，更壹志兮”“纷缊宜修，姱而不丑”，不都是作者心志的实录与表白？后半段的叙述，更是直率的述志，且与颂橘相吻合，作者创作手法的高妙即此毕现。

实际上，读《橘颂》，我们已可完全看到屈原的人格形象与品质特征了，他为自己早期所定的“格”，贯穿在了他以后一生的言行中——“独立不迁”“深固难徙”“苏世独立，横而不流”“闭心自慎”“秉德无私”“行比伯夷”——这些话画出了他自身的形象。由《橘颂》，我们也进而能理解，屈原为何始终不愿离开楚国，为何不愿俯首于他人之下，为何至死不改初衷，一如既往地追求自己所要实现的理想。他实在是一棵坚实地扎根于南方楚国大地的“后皇嘉树”，一棵不愿“逾淮而为枳”(《考工记》)的“参天地”之橘树。

相较之下，《九章》中的《涉江》篇作为屈原的自画像，似更符合他的实际形象。明代陈洪绶曾画过一幅屈原图像，其人物外貌装扮及形象神态，便出于《涉江》篇诗意。诗篇开首一段所写，既是屈原被流放后自身外貌形象的写实，也是他当时实际心态的反映：

> 余幼好此奇服兮，年既老而不衰。
> 带长铗之陆离兮，冠切云之崔嵬。
> 被明月兮佩宝璐。
> 世溷浊而莫余知兮，吾方高驰而不顾。

屈原“好奇服”，表明了他的与众不同，实际上，“奇服”只是表面现象，与此相对应的内在实质是“奇志”。《离骚》中有“謇吾法夫前修兮，非世俗之所服”，此“非世俗之所服”，亦即《涉江》中之“奇服”。从外观上看，“奇服”确也有其“奇”处：“带长铗之陆离兮，冠切云之崔嵬。被明月兮佩宝璐。”一般人的外观装束很少如此。然而此“奇”不是实质性的，实质性的“奇”在于不流于世俗，不与一般人一样追求——也即要特别地显示自己有着非同世俗的“奇志”——远大的理想抱负与高尚的志向，所谓“与天地兮同寿，与日月兮齐光”即是这种志向与抱负的形象体现。

《涉江》作于诗人的晚年，这是他在放逐途中所唱，尽管其时的他，已身处隔绝人世的荒山野岭，然而存君兴国之念却依然不泯。诗中作者成功地运用比喻、象征和情景交融的手法，诉说了自己高尚的理想与情操——“好奇服”

显然是形象比喻；驾青虬游瑶圃，是象征高远寄托；“乘鄂渚而反顾”后的过程描述，则是客观外界景物与主观内心情感的有机融合，尤其“入溆浦余儃佪兮，迷不知吾所如。深林杳以冥冥兮，乃猨狖之所居。山峻高以蔽日兮，下幽晦以多雨”。“幽独处乎山中”，以恶劣的环境衬托诗人的心境，更突出了诗人坚定不移的心志：“吾不能变心而从俗兮，固将愁苦而终穷！”

一般认为，《九章》中的《怀沙》是屈原的绝命词，换言之，《怀沙》在屈原所有作品中创作时间最迟。这种说法，大致可信。诗中作者以十分沉痛而又庄重的语气向世人宣告，自己将以死来殉崇高理想，并以之激励、警醒君主：“知死不可让，愿勿爱兮。明告君子，吾将以为类兮。”应该说，此时此刻，诗人是异常清醒、理智的，他又一次解剖了社会的黑暗，回顾总结了自己走过的路程，无怨无悔地决心以死向世人、向君主宣告自己的清白、贞洁。全诗所用句式与其他诗篇有所不同，均比较短小，四字句较多，读上去短促有力，节奏感甚强。诗中的一些比喻鲜明有力，毫不含糊：“变白以为黑兮，倒上以为下。凤皇在笯兮，鸡鹜翔舞。同糅玉石兮，一概而相量。”

《九章》的其他篇，各有侧重地记叙抒发了屈原的经历遭遇与思想感情，虽然其中一些篇历来有所争议，疑为伪作，但总体上它们表达了共同的心声，在艺术表现手法上也各有特色——或通篇抒情，回环往复，情思浓郁（如《悲回风》）；或文辞浅直，文理畅达，表情直率（如《惜往日》）；或抒发情感细腻真切，借助梦幻呼应现实，独具一格（如《抽思》）；或构思精巧，层层展开，首尾照应，浑然一体（如《哀郢》）……总之，屈原从早年到晚年绝望的心路历程、身世际遇，在这九篇作品中得到了真切的剖露与展示，九篇作品以或浓或淡，或浅或深，抒情与纪实相结合的笔触，勾画了屈原的生平经历，从而使其与《离骚》篇相辅相成，完整地塑造了屈原的立体形象和高洁品格。

《招魂》《大招》及其他

如果说屈原作品中《离骚》后半部分、《天问》及《九歌》诸篇在艺术上展示了“奇”的特色，那么屈原的另几篇作品：《招魂》《大招》《远游》《卜居》《渔父》①，也各自或多或少地具有“奇”的特点，它们整体地构成了楚辞（主要是屈原作品）的“奇异”风格。

《招魂》和《大招》从作品风格上看确实具有与众不同的特点，它们采用了南方楚国一带民间流行的招魂形式，

① 对这几篇作品的著作者历来有争议，本书主张均为屈原所作。

以此作为全篇作品的主导及基本框架。全诗开始部分先交代招魂原因，中间部分正面展示招魂过程及所唱内容，末尾是“乱辞”，直言创作本诗的目的意图。从诗体看，这“二招”(《招魂》《大招》)与屈原的其他作品很不一样，我们试具体做些阐发。

《招魂》的核心在于正文部分，即所谓招魂内容。诗篇先从东、南、西、北、天、地六个方位角度，召唤“魂兮归来”，铺陈渲染这六方都充满着恐怖气氛，绝不可久留：“归来兮，不可以久些!”继而，大段铺叙归来以后能够享受到的宫室、宴饮、歌舞等的豪华与安乐，以奉劝魂的早日归来。两段内容可谓外陈四方天地之恶，内崇楚国内宫之美[①]。诗人在这两段内容中，极尽铺陈之能事，用尽可能运用到的词汇做堆砌、铺设，给人穷极奢靡、眼花缭乱之感，从而达到招魂归返的目的。

从艺术上说，“二招”的最大特点是排比铺陈：《招魂》，东、南、西、北、天、地相对称，一一铺叙其“恶”，每一层的开首与结尾的诗句也基本相同，即“魂兮归来”，而后大段铺陈楚宫之美、之乐；《大招》也先东、南、西、北，言四方皆不可往，“魂乎无东(南、西、北)”，而后

①《招魂》与《大招》在结构上略有相异，但大致不差。

极陈楚国之乐(包括居、食、乐、娱等)。在两首诗的排比铺陈中，除了方位对称、结构整齐、句式类同外，最集中也最突出的，是辞藻的极度丰富和堆砌，大量的生僻字、鲜见字在诗中集中出现，极尽描画、铺叙之能事，给读者留下极深刻的印象。这是屈原其他作品所罕见的。诗人之所以要这样做，目的大约在于加倍突出四方之恶、楚宫之美——恶到极点、美到极点，以此召唤魂之早日返归①，从艺术表现上说，这是为了增强美感——鲜明而又奇特的美。“二招”的这一极力铺陈的手法，毫无疑问，开汉赋铺张扬厉风气之先，成为汉赋的滥觞。

从诗歌句式看，《招魂》篇多四言与七言句，《大招》基本为四言句；而运用语气词上，《招魂》除“兮”字外，正文中大量运用了“些”字，《大招》中通篇运用了“只”字，这在楚辞中都是独此一家，表明“二招”确是古代南方楚国民间招魂形式的艺术化实录(“些”“只”字是南方巫音的残存，均用在巫的禁咒语句尾)。

历来对“二招”争议最多的不在于它的艺术形式，而在于它的作者和招谁的魂。这里，我们不拟做展开性探讨与辨析，只做简单的说明与阐释。从“二招”诗的内容可以看

---

① 当然也可能是招魂习俗的本身需求——需要极度的呼唤。

出，所招的魂主必定是与楚宫有密切关系的人，他生前一定能够享受也享受过楚宫的奢靡豪华，否则招魂者绝不可能漫无目的地和被招魂对象胡说一气。另外，从招魂仪式本身看，一般来说，招魂者只有以为被招魂者的魂与魄分离了——也即估计或确凿知道其死讯后，才会招魂，以召唤其魂返回其魄之中。在古人看来，人初死时，魂与魄分离了，必要通过招魂，让其魂魄归于一体，方可入殓下葬。由以上两重因素，我们基本可以判断，“二招”应该是出于屈原手笔，所招对象是楚怀王，其创作时间大致在屈原获悉楚怀王入秦后客死异乡不能返楚之时，及其后灵柩返楚时。极度忠君的屈原，当他得悉怀王死讯时，其感情的冲动可想而知，因而运用楚民间招魂形式而赋予特定内容，以表达自己的忠君感情，是完全可以理解，也是完全正常的。

问题是为何会有两篇“招魂”词，且其中一篇题名《大招》？这要牵涉到古人的丧葬习俗与礼仪了。一般情况下，古人对死者的招魂需进行两次，第一次是在小殓时，即人刚死时替死者穿衣服，称为“复”(《礼记·丧服大记》：“小殓，君大夫士皆用复衣复衾。”)，此时要招魂——这是始死之招魂复魄。第二次是在大殓时，即将死者尸体入棺时，要招魂，此时举行的招魂仪式便是大殓仪式，称为

“大招”(《礼记·既夕礼》:“大殓于阼。”郑玄注:“主人奉尸殓于棺。”)。从屈原来说，刚获悉怀王客死秦国噩耗时写下的招魂词，是属于小殓的“复”词，故名《招魂》；而到怀王灵柩归返楚国，将入土安葬时，所作的大殓招魂词，便应名为《大招》了。这大约便是屈原作两篇“招魂”词并分别冠以不同题名的缘由。由此，我们可进一步看到，屈原的思想深处，对怀王、对楚君主的感情及忠君观念，实在是十分深的，否则绝不可能作两篇“招魂”词。

不过，两篇“招魂”词也不尽合一，《大招》较之《招魂》，多了末段治国安邦方面的内容，这是《招魂》所不具的，说明《大招》更直接反映了屈原试图实现美政理想而将理想寄予君主身上愿望的破灭。从情理上看，也是对的，小殓时的招魂，屈原还只听说怀王的死讯，并非亲见证实，而大殓时尸体运回，入棺即将安葬，表明人确已死去，对屈原而言，绝望之情更为清楚了。因而，此时(大殓时)在招魂词中写及治国安邦理想，实在是他理想破灭的表现。

当然，写招魂词，并将美政理想写入《大招》中，应该说，充分体现了屈原拳拳爱楚国、爱君主之心，其中确有以悲哀之情激励奋发的成分，并以此抒情寄志，因为其时顷襄王还在，屈原还没有到彻底绝望的地步，故而《大招》中设想了美政蓝图，这是屈原的创新之处——给例行的招魂陈词赋予了新的内容和思想。

毫无疑问，读“二招”，我们的感觉是：文体新颖奇特，想象大胆丰富，文辞简练奇谲，结构对称整齐，内容层层铺叙。在楚辞中，这两首诗无疑是属于“奇诗”之列的。

屈原作品中篇幅最为短小而又别具风格的，是《卜居》《渔父》两篇。对这两篇作品的著作权问题，历来有争论，我们这里不拟详加评说，基本上从东汉王逸之说，定为屈原所作。

这两篇作品的最大特色，是通过一个侧面表现了屈原的人格与追求。它们不像屈原其他作品那样，有大段的自我表白和抒情、想象之词，而是以一问一答的对话形式，用第三人称客观记叙的方式来展示人物及其品格，从行文风格上说，这是别具一格的。另外，在文学体裁上，这两篇也不是严格意义上的诗，而是带有韵文色彩的散文——散文诗，篇幅短小，含蓄隽永。

两篇作品开头均有一小段记叙文字，交代时间、地点及人物，然后引出文章的主干——对话：《卜居》是屈原与詹尹，《渔父》是屈原与渔父。值得称道的是，两篇作品的对话中屈原的答话，特别富有诗意，又特别具有哲理性，是十分精彩的人生格言，将屈原的人格、品行、贞操与理想追求熔于一炉，极具品嚼、回味的余地，对了解和理解屈原极有帮助。这里不妨摘录于下：

吾宁悃悃款款，朴以忠乎？将送往劳来，斯无穷乎？

宁诛锄草茅，以力耕乎？将游大人，以成名乎？

宁正言不讳，以危身乎？将从俗富贵，以偷生乎？

宁超然高举，以保真乎？

将呢訾栗斯，喔咿儒儿，以事妇人乎？

宁廉洁正直，以自清乎？

将突梯滑稽，如脂如韦，以洁楹乎？

宁昂昂若千里之驹乎？

将泛泛若水中之凫，与波上下，偷以全吾躯乎？

宁与骐骥亢轭乎？将随驽马之迹乎？

宁与黄鹄比翼乎？将与鸡鹜争食乎？

此孰吉孰凶？何去何从？

世溷浊而不清，蝉翼为重，千钧为轻。

黄钟毁弃，瓦釜雷鸣。谗人高张，贤士无名。吁嗟默默兮，谁知吾之廉贞？

——《卜居》

举世皆浊我独清，众人皆醉我独醒。是以见放。

……

吾闻之，新沐者必弹冠，新浴者必振衣。

安能以身之察察，受物之汶汶者乎？

宁赴湘流，葬于江鱼之腹中，

安能以皓皓之白，而蒙世俗之尘埃乎？

——《渔父》

从上引两段话可以看出，屈原一连串的发问，实际是自我内心的诚意表白——“宁……将……”句式充分体现了他耿介独立，愤世嫉俗，不与世浮沉、俯仰的气概与精神，在读者眼前展现的是一位傲然卓立的高洁士大夫形象，而非庸碌、无能之辈。篇中对楚国现状的概括极为形象、确切：蝉翼为重，千钧为轻；黄钟毁弃，瓦釜雷鸣；谗人高张，贤士无名。“蝉翼”“千钧”、“黄钟”“瓦釜”的比喻恰如其分，给人以深刻印象。《渔父》篇还在开首部分勾画了晚年的屈原形象，这形象后来成了人们心中和画家笔下诗人的典型形象：“屈原既放，游于江潭，行吟泽畔，颜色憔悴，形容枯槁。”

《卜居》《渔父》的通篇对话形式，开创了后世赋作中的问答体式，两篇作品的参差句式、散文诗文体和简单的故事性，使其在楚辞作品中独树一帜，别具特色。

从展奇的角度言，《远游》是较为突出的一篇，它通篇展示了诗人的想象，离开尘世上天国遨游，寻找理想去处；从风格上说，《远游》极类《离骚》下半部，是《离骚》下半部的进一步拓展与演绎。

但是，对于《远游》的作者，却很有争议，清代以来，有以为汉代人所作的[①]，有以为仿袭司马相如《大人赋》的[②]，有以为是司马相如《大人赋》初稿的[③]，等等。究竟何说为确？我们还是主张王逸说，将《远游》的著作权归于屈原。理由是：第一，《远游》所表现的思想，是屈原宇宙观的反映。从《离骚》可以看出，屈原已具有宇宙观，广而言之，楚人也已具有宇宙意识[④]，这宇宙意识与宇宙观，促使屈原在苦闷彷徨之时，展开了想象的翅膀，飞向宇宙，遨游天国。第二，《远游》篇中表现了较浓厚的道家思想，但这并不能说明诗非屈原所作，因为，一是屈原本人确曾沾溉过道家思想[⑤]，二是《远游》作品中，涉及道家思想处，诗人往往是一面借用，一面摒弃，并不完全用来表

---

① 胡濬源：《楚辞新注求确》。

② 吴汝纶：《评点古文辞类纂》。

③ 郭沫若：《屈原赋今译·后记》。

④ 参见本书第二讲。

⑤ 参见本书第三讲。

现自己。第三，至于与司马相如《大人赋》相似的问题，有学者认为正相反，是司马相如《大人赋》抄袭《远游》[1]。当然，《远游》也有些问题确易引起人们的怀疑，如整体框架结构与《离骚》下半部相似，不少诗句与《离骚》及《九章》重复，对这些问题，我们在此不拟详做辨析。

应该承认，《远游》的奇谲色彩较之屈原其他作品更为突出、典型，诗篇中的想象与幻想，达到了令人吃惊的地步[2]，全诗由郁结悲愤到仰慕众仙、神游天国，直至抵达超脱一切的幻境，表现了从现实世界进入幻想世界的奇特想象，充满了浪漫色彩。不过，艺术上，它与《离骚》难以相比，显得较多重复与杂乱，这也是不少人怀疑它非屈原所作的原因。

---

①陈子展:《〈楚辞·远游篇〉试解》，《文史哲》1962 年第 6 期。

②这是引起人们怀疑它非屈原所作的依据之一。

第七讲　情感美与形象美

“金相玉质，百世无匹”，“气往轹古，辞来切今，惊采绝艳，难与并能。”这是刘勰《文心雕龙·辨骚》中对《离骚》及其他楚骚[①]作品所下的褒语。确实，楚骚高度的艺术成就及价值，为当时、为后世树起了一座巍峨的丰碑，这丰碑，不仅包容了文学意义——它是文学史上令人崇仰、赞叹而又难以企及的高峰，开创了一代新风，“衣被”了百代诗人，而且极具美学价值，以其“金相玉式，艳溢锱毫”，成为我国古代美学宝库中不可多得的瑰宝。

情感美

“《书》曰：‘诗言志，歌永言。’故哀乐之心感而歌咏之声发。”(《汉书·艺文志》)“诗赋者，所以颂丑善之德，泄哀乐之情也。”(王符《潜夫论·务本》)深深热爱楚国的

---

① 此处称楚骚，为突出“骚体”的独特性。

屈原，由于政治上接连受挫，理想抱负无法实现，遂将满腔激情倾诉于诗章，使他的诗章充溢了丰富复杂的情感。这情感，集中体现了儒家理性主义美学基础上的浪漫想象色彩，呈现出斑斓的图案，它以“怨”为核心内容，与理性融贯统一，而又着以多彩的神话、历史、楚文化内涵，产生了激情奔放、极富生机的美感，强烈地撼动了读者之心。

刘勰曾于《文心雕龙·辨骚》中指出楚骚与《诗经》的“四同”，这“四同”，是楚骚继承儒家理性美学的一面，因而可见它与儒家经典《诗经》的相合：“故其陈尧舜之耿介，称汤武之祗敬，典诰之体也。讥桀纣之猖披，伤羿浇之颠陨，规讽之旨也。虬龙以喻君子，云霓以譬谗邪，比兴之义也。每一顾而掩涕，叹君门之九重，忠怨之辞也。观兹四事，同于《风》《雅》者也。”正是因为屈原在理性主义美学上承袭了《诗经》的传统，才会创制出与“风”“雅”怨刺相合的篇章。对此，王逸所说不错：“屈原履忠被谗，忧悲愁思，独依诗人之义而作《离骚》”。(《楚辞章句·离骚序》)所谓“依诗人之义”也即刘勰之“四同”。但是，“骚”毕竟不同于“风”“雅”，比之《诗经》，楚骚自有其独特的美感，这“美感”由“诗人之意”延伸至具体的文学形象，便表现出它与《诗经》的“四异”——诡异之辞；谲怪之谈；狷狭之志；荒淫之意——这"四异"，是楚骚超越儒家美学规范，表现出"虽取熔经义，亦自铸伟辞"（刘勰《文心雕龙·辨骚》）的独特之处，尤其是所谓"狷狭之志""荒淫之意"，突破了儒家礼法传统，"凭心而言，不遵矩度"①，是屈原毫无顾忌地抒发内心情感、表达情感美所运用的艺术手段。如果说"诗言志"是《诗经》之精髓所在，那么"骚抒情"则是楚骚之特色体现。

且看楚骚中诗人是如何展示他的情感之美的。

读《离骚》，我们发现，一股澎湃的情感波涛始终不断地在诗人笔下奔涌，它具有极为丰富的内蕴力——真诚坦率的内心独白，怒火中烧的厉声叱咤，满腹委屈的倾诉辩解，依依不舍的殷殷眷顾，抑郁不平的极度悲伤，……它们交织、流贯于诗章的字里行间，逐渐汇聚成为冲泻而下的感情瀑布，时时冲击着读者心房，给人以美的享受，喜怒哀乐皆成诗，它们一一织成了审美意象，构成了完美的审美意境。

诗人的理想是追求如尧舜时代的美政，为达此目标，他一心企望楚王能效法前贤，修明法度，举贤授能，振兴

---

① 鲁迅：《屈原与宋玉》，《汉文学史纲要》，北京：人民文学出版社，1973年，第20页。

楚业，其内心的情感复杂而又真挚。故而，诗中他时而称颂“尧舜之耿介”“遵道而得路”，时而谴责“桀纣之猖披”“捷径以窘步”。他恳切表白，自己愿“奔走以先后”“及前王之踵武”，只要“皇舆”不“败绩”，宁愿“余身之殚殃”。然而，现实是严酷的，“众皆竞进以贪婪”“各兴心而嫉妒”，“荃不察余之中情兮，反信谗而齌怒”。诗人的情感不时掀起波澜，他疾首痛心，感慨万分，不得不发出怨诉：“初既与余成言兮，后悔遁而有他。”“怨灵修之浩荡兮，终不察夫民心。”面对奸党们的无耻之行，他愤而斥之曰：“背绳墨以追曲兮，竞周容以为度。”对后生们的背叛，他惋惜痛心，“哀众芳之芜秽”。对整个社会风俗的败坏，他喟然长叹，“世溷浊而嫉贤兮”。情感的波涛一发而不可收，奔腾起伏——有怨、有怒、有恨、有愤，错综交织，汇到一起。这情感冲击了他的爱楚爱民之心：“长太息以掩涕兮，哀民生之多艰。”客观现实逼使诗人的情感逐步由高亢转向低沉，精神支柱也由尧舜而转为彭咸，进而决心走与彭咸同向归宿之途①。此时，诗人的情感已达到极点，表现形式上是低沉，实际上是升华的结晶——心灵、

① 林兴宅：《离骚探胜》，《艺术魅力的探寻》，成都：四川人民出版社，1985 年。

愿望、情感多方撞击后，闪现出最后、最集中的美的亮点。

应该看到，诗人在展示上述丰富多变的复杂情感时，有其独特的方式，最明显的，与《诗经》相比，情感显得更为具体、细腻、丰富。《诗经》的发抒情怀，集中于《国风》与《小雅》部分，因篇幅及章句形式所限，它多半是单纯简单的反复哀唤与斥责（表现悲愤之情时），这同它的四言体形式和重章叠句手法分不开；而楚骚不然，它的篇幅加大，字数增多，表现手法多样，这就在描画主人公情感变化时显得更多起伏、更为委婉、更加细腻，它可以较为具体地展示情感冲突与波折的过程：从满怀希望、满腔热情，到逐渐失望、陷入痛苦，再到彷徨回顾、上下求索，直至绝望自尽，都酣畅淋漓。这是《诗经》所难以达到的。

而且，楚骚在展现情感过程中，诗人本身的心理状态，对外界的观察、描摹与反映，对历史的回顾与追溯，均一一染上了情与理交融的成分，完全不像《诗经》那样只是简单的陈述或呼唤。楚骚中，诗人情感的产生、发展与变化，贯穿了两种无形的冲突力量的消长：诗人和以君主为代表的社会的对抗、冲突；诗人自身积极参政与消极逃逸的心理的对抗与冲突。在这两种冲突和对抗中，诗人以多种方式展示了情感美：其一，流贯始终、交织痛苦与忧愁情感的语汇、语调；其二，叙事中夹抒情，抒情中反复出现感情的起伏与波澜；其三，情感的激流时而如山洪暴发，汹涌奔腾，时而如山涧泉流，回环往复，极真切、形象地再现了诗人内在丰富复杂的情感。正是这些非单纯的、非直线型的情感表达方式，才使人们对诗篇所创造的美，留下了极为深刻的印象，产生了极强烈的感受。

在展示情感美的过程中，诗人还注意运用了多种修辞手法，特别是比拟与想象，将诗人的内心情感化为了一幅幅色彩艳丽的画面，为读者塑造了一位有血有肉的抒情主人公形象。同时，那些被用来作为借喻的花草鸟兽，也一一被赋予了情感色彩，成为审美对象主人公的服务对象，从而使读者充分获取了美的感受，更深切地把握了美的意象。

形象美

可以说，屈原的全部25篇作品为读者完整而又立体地塑造了一位志行高洁、“虽与日月争光可也”的主人公的高大形象，这个形象充满了美感：他既有“内厚质正”、充实高尚的“内在美”，又能处处表现出由“内在美”而生发、延展的外在美，这是个令人崇敬、极富魅力的人物形象。

从作品实际并结合屈原身世看，作品中所塑造的人物正是屈原自身形象的写照，是生活现实与文学写意合二为一的典型。

我们试看诗篇为我们展示的形象。

《离骚》一开篇，即展露了主人的形象美：

“帝高阳之苗裔兮，朕皇考曰伯庸。”——世系美；

“摄提贞于孟陬兮，惟庚寅吾以降。”——生辰美；

“皇览揆余初度兮，肇锡余以嘉名。名余曰正则兮，字余曰灵均。”——命名美。

这先天的“三美”，为主人公形象之美奠下了基础，但这还未包含内美的全部，《橘颂》中诗人又吐露了自己先天具有的秉性美：

受命不迁，生南国兮。
……
嗟尔幼志，有以异兮。
独立不迁，岂不可喜兮？
……
秉德无私，参天地兮。

这还不够，《抽思》中他说：“善不由外来兮，名不可以虚作。”《怀沙》中他又说：“内厚质正兮”“文质疏内兮，众不知余之异采”。这一切，都是他先天所具内美的内涵，为诗人整个形象美创造了有利条件。

然而，对屈原本人来说，他并不满足于已有的内美，他还要努力追求外在美——加紧修身，以种种美德修养自己，从而不断充实内在美。《离骚》一诗中，诗人告诉读者，他时时处处在注意修饰自己：

纷吾既有此内美兮，又重之以修能。
扈江离与辟芷兮，纫秋兰以为佩。
……
朝搴阰之木兰兮，夕揽洲之宿莽。
……
擥木根以结茝兮，贯薜荔之落蕊。
矫菌桂以纫蕙兮，索胡绳之纚纚。
……
制芰荷以为衣兮，集芙蓉以为裳。

这里，江离、辟芷、秋兰、木兰、宿莽等香花美草，既是饰身的装饰品，更是修养美德的象征。对这样的修身，诗人始终乐此不疲，甚至作为终生努力的目标——“民生各有所乐兮，吾独好修以为常。”“好修”成了铸就诗人外在美与内在美完整统一的必由手段与途径。

正是由于坚持“好修”，屈原才会幼年“好”奇服，至年老而不衰；正是由于坚持“好修”，他才会在遭放逐途中遇渔父而回答道：

> 吾闻之：新沐者必弹冠，新浴者必振衣。
> 安能以身之察察，受物之汶汶者乎？
> 宁赴湘流，葬于江鱼之腹中。
> 安能以皓皓之白，而蒙世俗之尘埃乎？

“好修”使屈原始终坚持了“独立不迁”的人格美；“好修”使屈原达到了内美与外美的高度统一与融合。他孜孜不倦地“上下求索”，即便在恶劣的逆境下，也能为完成自身完美的人格塑造而忘却一切——直至生命。[1] 车尔尼雪夫斯基曾说过：“要是一个人的全部人格、全部生活都奉献给一种道德追求，要是他拥有这样的力量，一切其他的人在这方面和这个人相比起来都显得渺小的时候，那我们在这个人身上就看到了崇高的善。”[2]这善，也即美——人物的人格美、形象美。

读楚骚，展现在读者面前的，的确是一个高大的审美

---

①详见本书第三讲。

②车尔尼雪夫斯基：《论崇高与滑稽》，《车尔尼雪夫斯基文集》中卷，北京：三联书店，1958 年。

形象：他不仅在先秦时代，即便在整个封建时代，也都堪称士大夫们的表率——一个有理想、有抱负，不屈不挠、坚定不移地为理想奋斗终生的文学家、诗人。

第八讲　多种美的展示

自然美

刘勰在《文心雕龙·辨骚》中曾对楚骚所表现出的自然美下过这样的褒语："论山水，则循声而得貌；言节候，则披文而见时。"此语可谓切中肯綮，极为形象地勾画了楚骚自然美的特征。

应该承认，屈原时代，文学家们对自然山水的描绘尚未成为一种自觉的意识，即并非为摹山水而状山水，而只是将山水作为作品中的一种"媒介"，一种陪衬或辅助手段，以通过"比兴"，达到抒情感怀的目的。但是，不可否认，楚骚中确实相当多地描画了山水(包括花草鸟兽)，这些描画本身，虽主旨并非在于山水，却客观上展示了山水之自然美，给人一种美感，并烘托了主人公形象，渲染了诗旨。

读《离骚》，我们最能清楚看到，诗中大量写到了大自然的诸般景物，它们或香美，或恶臭，其形、色、味各具，别有寓意。

当主人公将香花美草“佩缤纷其繁饰兮”，花草们就“芳菲菲其弥章”，显示了自然界植物的本色美，寄托了主人公修养美德而展现的形象美。为寻求理想境界，主人公苦苦上下求索，一句“何所独无芳草兮”，似在告诫他：你何必苦苦淹留于故国？哪里不能施展你的才华？这芳草，隐喻了楚之外的境况要比楚境内好得多。这是自然美对政治、社会与国度的一种形象借代与折射返照。王逸说得对：“善鸟香草，以配忠贞，恶禽臭物，以比谗佞。”(《楚辞章句·离骚序》)屈原这样做，虽然只是将自然界的有机物作为比喻的参照物，然其本身能说明，自然物具有美感，它可作为形象比喻的对象，即便是恶草臭草，也能显示出其“丑为美”的特殊审美价值。

楚骚中，描写自然山水的佳句甚多，它们虽说并不是完整典型地表现自然本身，但其对诗中的人物形象，对渲染诗的气氛、体现诗的旨意，是起了一些作用的。例如，《九歌·湘夫人》中描写神神恋爱所涉及的自然山水环境：

帝子降兮北渚，目眇眇兮愁予。

袅袅兮秋风，洞庭波兮木叶下。

登白薠兮骋望，与佳期兮夕张。

鸟何萃兮蘋中，罾何为兮木上？
沅有芷兮澧有兰，思公子兮未敢言。
荒忽兮远望，观流水兮潺湲。

这里，“袅袅兮秋风，洞庭波兮木叶下”两句，点明了时令季节与湘君身处的地点环境，这时令，这环境，以及秋风木叶下的氛围，让读者能自然地体味人物其时其境下的心理感受。湘君远望之地乃秋草生长之处，目及之物勾起了他的思绪，犹如流淌不止的河水。整个大自然的山水环境与景物，在此诗中极好地烘托了诗的意境与人物的感情心理，令人在品味之余充分领略到了自然美。

《九歌·山鬼》一诗，几乎通篇写到了山水景物。诗前半描画了山鬼的外貌、神态、动作以及其所处环境，它们无不与自然界的景与物相联系：“被薜荔兮带女萝”“被石兰兮带杜蘅，折芳馨兮遗所思”“余处幽篁兮终不见天，路险难兮独后来”“云容容兮而在下”“杳冥冥兮羌昼晦，东风飘兮神灵雨”“采三秀兮于山间，石磊磊兮葛蔓蔓”。诗的后半部分描写山鬼的所思所念，也与自然山水环境紧相联系——“山中人兮芳杜若，饮石泉兮荫松柏”“雷填填兮雨冥冥，猿啾啾兮狖夜鸣”“风飒飒兮木萧萧”。山鬼在诗中既是山神，也是自然的化身，它与自然界的山水环境高度融合，使人读之深深被此境此景中的山鬼所吸引，并从而感受到自然的险与美。

《橘颂》一诗，虽然作者的着眼点并不在橘本身，而是借橘自喻，却也表现了自然美：“绿叶素荣”“曾枝剡棘”“青黄杂糅，文章烂兮”“纷缊宜修，姱而不丑”——这是自然界的生成物——橘树与橘所呈现的美，也是作者眼里所看到的自然美，虽然他赋予其中的寓意是人格美。

最可表现自然山水之美，并借山水美抒发情怀的，当数宋玉的代表作《九辩》。此诗典型地体现了宋玉悲秋心声，而此“悲秋”，正是由秋景而触发，心与物同，从而产生丰富复杂的情感。诗篇一开首便展示了一幅悲凉的秋色图——

> 悲哉，秋之为气也！萧瑟兮草木摇落而变衰……登山临水兮送将归。泬寥兮天高而气清，寂寥兮收潦而水清……燕翩翩其辞归兮，蝉寂漠而无声；雁廱廱而南游兮，鹍鸡啁哳而悲鸣……

描写大自然的秋景以“气”为点神之物，突出了“悲”，进而带出了“萧瑟”“草木摇落”“变衰”等一系列景致，使一幅逼真的悲秋图景毕现于读者眼前，且染上了悲的色泽；而后是“天高”、“气清”、“水清”、燕归、蝉寂、雁南飞、鹍悲鸣，整个展现在面前的自然景象，都是萧瑟、悲凉、凄清，令人不寒而栗。而此感受的产生，正是诗人笔下自然美——悲秋美的艺术效果。

宋玉的这段悲秋佳句，此后成了历代诗人咏叹秋色、抒发悲凉情怀的典范，让后人沿袭不绝；而这表现悲秋景致的诗句本身，则无疑是诗人驱大自然之景于笔端，以自然山水展露情感的最好手段。

当然，我们也应实事求是地指出，在屈原时代，表现自然美的意识毕竟尚在朦胧、萌芽阶段，文学本身尚未完全独立，因而自然美作为诗篇的一个组成部分，还只是一种比兴手法的表现，不能称是作者有意识的行为。但尽管如此，从楚骚美角度看，自然美本身是一种客观存在，它对我国古代早期诗歌审美意象的形成起了一定的作用。

悲剧美

悲剧是社会、时代的产物，是社会尖锐激烈矛盾冲突的反映，是崇高美的集中表现。作为美学范畴的悲剧，或与人物遭遇的不幸、死亡、牺牲相联系，或与精神世界的磨难、创伤、痛苦相联系，或伟大的斗争、崇高的行为相联系，从而构成以悲惨和壮烈为两个侧面的悲剧审美因素。

屈原一生的经历与遭遇，尤其是他最终的以身殉理想、自沉汨罗江，应该说是构成了一幕悲壮的悲剧，其自沉行为是其悲壮行为的具体表现和生命的最终归宿。这是屈原的人生悲剧。然而，应该承认，这出人生悲剧，其意义与价值远超越了屈原个人的生命范畴，而成了时代的悲剧、历史的悲剧——因为伴随着他生命结束所产生的社会反响与历史反馈，是难以磨灭的，它引起了千百万人的震惊，泛起了巨大的历史涟漪。

对屈原的这出历史悲剧最全面、最真实的反映，是以《离骚》为代表的屈原诗歌作品。屈原以其如椽大笔，为当世和后代留下了一笔宝贵的记录，一份震撼人心的历史悲剧的材料，从这一点上说，屈原堪称中国文学史上的“悲剧之父”——不仅由于其自身的遭遇，更由于其杰出的、无与伦比的创作。

屈原的震撼人心的悲剧，使每个读过他作品的读者都产生了共鸣，并由此生发出崇高的审美感，它陶冶了每个人的道德情感，使之达到或接近道德判断与实践意志，由此让读者充分领受了其悲剧美。

从这一点上说，屈原的悲剧其实也类同于西方普罗米修斯的悲剧，两者貌异神合——都是甘愿做出自我牺牲而为理想奋斗的受难者形象，都是苦恋式的、痛苦追求的悲剧形象。普罗米修斯成了“哲学的日历中最高尚的圣者和殉道者”[1]，屈原也如此——他的诗篇记录了他的苦苦追求与艰难奋斗，是他真挚情感由炽热化为绝望的真切反映，而这，正是悲剧美的形象演示与生动剖白。应该看到，酿成这场历史悲剧的真正导因，是楚国社会，是战国时代的历史条件，是昏庸的楚国君主和奸佞党人们。但是，实事求是地说，对屈原本人来说，悲剧也是他自身品格、精神升华的必然结果，如同普罗米修斯一样——不屈不挠、为真理而殉身。鲁迅先生说：“悲剧是将人生有价值的东西毁灭给人看。”[2]屈原与普罗米修斯一样，都将自己最宝贵、最有价值的东西——生命，活生生地演示给人们看——从鲜活的存在到最终的毁灭。自然，普罗米修斯是神话中的人物，而屈原却是历史上实有的人物，但不管怎样，这种活生生的演示，能使每个读者和观众升腾起崇敬与仰慕，这升腾的过程，就是悲剧巨大魅力与艺术感染力发挥了潜移默化的作用，就是悲剧美的实际效应。

换个角度说，屈原能否避免这场必然的悲剧呢？比

---

① 马克思：《〈博士论文〉序》，《马克思恩格斯全集》40 卷，北京：人民出版社，1956 年，第 190 页。

② 鲁迅：《再论雷峰塔的倒掉》，《鲁迅全集》第一卷《坟》，北京：人民文学出版社，1956 年。

如，他听从了女媭的劝告，出走楚国，另谋他途——就如同普罗米修斯听从了他岳父的劝告，向宙斯表示妥协，“改邪归正”。笔者以为，这显然是不可能的，如果那样做了，屈原就不成其为屈原了，普罗米修斯也不成其为普罗米修斯了。历史决定了屈原必定是“愚忠”，因为春秋战国时代，忠君就是爱国，爱国（包括爱人民、恋乡土）就是忠君，在这个大“情结”的束缚下，屈原不可能背离君主而做出对楚国楚民有利的事，这就从根本上决定了他的“愚忠”的必然归宿——唯有以死警醒君主——最后的壮举也还是为了君主。历史就是如此的无情，否则也就不成其为历史了。正由于此，才会诞生这么一位执着追求理想的哲人，才会诞生惊采绝艳的诗篇，才会铸成历史的悲剧，才会让后人欣赏到这种惊天地、泣鬼神的悲剧美。

形式美

“其文辞雅丽，为词赋之宗”——这是刘勰在《文心雕龙·辨骚》中对楚骚形式美的高度评价；

“英辞润金石”——这是沈约在《宋书·谢灵运传论》一文中对楚骚形式美的褒语；

“其文弘博丽雅，为辞赋宗，后世莫不斟酌其英华，则象其从容”——这是对屈原持贬抑态度，却又不得不叹服楚骚艺术美的班固所说的话。

确实，楚骚在语言形式上，为当世及后代的辞赋、诗文树了楷模，它巧妙地将作品内在的、诉诸理智的善的内容，化作了外在的、诉诸感官的美的形式，从而突出了作品的审美价值，使作品具有了浓郁、鲜明的形式美。

楚骚的形式美大致反映在以下几个方面：

一、结构美

楚骚在结构上较之前代诗歌呈现出空前的新貌：篇幅宏大、句式参差、结构复杂、形式多变，给人耳目一新之感。

首先，篇幅宏大，这是楚骚最显著的特征。无论与上古时代民间歌谣还是《诗经》相比，楚骚的作品篇幅都大大扩展了，尤其是《离骚》《天问》，长达数百句(《离骚》373句，《天问》374 句)，可以说，即便在整个中国文学史上，它们也属于篇幅较大的诗篇。这种宏大的篇幅，造就了作品思想内容的丰富，可以容纳复杂多变的情感，在表达上给人一种滔滔不绝、奔泻而下的感觉，这无论如何较之《诗经》短小的篇幅、重章叠句的简单重复模式，容量要大得多，表现力也要丰富得多。

其次，句式上，无论如何楚骚是个突破性首创，它完全打破了《诗经》的四言格局，代之以参差不齐的杂言——短者，一两个字一句，长者，八九个字一句，形成了错落有致的特点。这为表达情感的悲欢怨怒，提供了极为丰富的表现形式，是诗歌创作形式口语化、散文化的表现，也是诗歌语言史上的一大突破。

结构复杂、形式多变，是全部25篇作品的一个显著特点，体现了诗人在结构形式方面的独特创造和多方擅长的高超能力。从结构上看，25篇中既有富有楚骚代表特色的骚体型如《离骚》《九章》等，也有仿《诗经》四言体式的四言型如《招魂》《大招》等，还有大胆独创的通篇发问的发问型如《天问》，和一问一答的答问型如《卜居》《渔父》——这多变的结构形式，既是诗章内容的实际需要，也是诗人超人艺术才华的充分体现，它所造成的整体艺术效果是多姿多彩、美不胜收的结构美。

当然，最能体现楚骚结构美特色的，是长篇抒情诗《离骚》。这首诗，篇幅宏大，而正由于其宏大的篇幅，便更要注重行文结构的构思与安排。诗人在这方面颇费了一番匠心。全诗看上去结构庞大，字数甚多，实际上叙述有致，长而不乱。诗篇从叙述身世姓名入手，逐步展开自身的遭遇经历，在一再受挫、走投无路的情况下，转而离开故土“上下求索”，上天国遨游，寻找理想境界。全诗两大块（现实与天国）、三大层（身世、遭遇、求索）井然有序，线索清晰；诗篇展示内容过程中，叙事与抒情融为一体，记叙与描绘穿插自然，矛盾与情感交相展现，既有大起大落、纵横开阖，又有互为联系、紧密相扣，其变化多端、行文自如，达到了一种超稳定的结构美，这种结构美，使《离骚》成为诗歌发展史上独创一格的新诗体，傲立诗坛，雄视历代。

楚骚的结构美为其艺术生命力提供了极为有利的基础条件。

二、行文美

“交错为文，遂生壮采。”这是楚骚的又一特色。通读楚骚25篇，我们发现，行文错综多变，是形式美的重要组成部分。

以词语为例。《离骚》中的用语多变是很显著的一个特色，如全诗中，诗人自称之处甚多，而所用自称之词力避单一，变化运用了五种称呼——余、吾、朕、予、我，这五种称呼，不同场合不同运用，显示了诗人在刻意追求行文用词的多变，体现了诗篇的多姿多彩。又如动词的使用，也避免了简单的重复，同一意思，有时却有多个动词表达，如“余既滋兰之九畹兮，又树蕙之百亩。畦留夷与揭车兮，杂杜衡与芳芷”。这四句中，作者运用了四个不同的动词来表达同一个意思：滋、树、畦、杂——栽培（培植），其效果是避免了呆板的单一，丰富了词汇。

再以句式为例。作者在创作中注意了句式的变换，如对不少句式采用了置换手法，或形容词前置，或副词后置，打破了句式的寻常句法规则，给人眼花缭乱之感。比如，“纷吾既有此内美兮”句，句中的“纷”字乃修饰“内美”，按惯常句法，“纷”字应置于“内美”之前，而作者却将其移置到了句首，突出了“内美”之“纷”。又如，“耿吾既得此中正”句，“耿”字原应置于“中正”之前，作者却将其置于了句首；“高翱翔之翼翼”“神高驰之邈邈”中的“翼翼”“邈邈”，均被后置了；等等。这种前置与后置，看上去似不太符合平常的语法习惯，实际上却起到了事半功倍的效果——这样一变换，句式不再呆板，并产生了突出与强调的效果，特别醒目。

句式方面，诗人还注意了整饬中有变化、统一中显灵活的行文技巧。例如，《哀郢》中有曰：“去故乡而就远兮，遵江夏以流亡。出国门而轸怀兮，甲之鼂吾以行。发郢都而去闾兮，怊荒忽其焉极？”这六句诗，有一个特点，它们是奇数行（第一、三、五句）句式一致，而偶数行（第

二、四、六句）句式变化①。奇数行三句诗中，动词对动词，名词对名词，连词对连词，语气词对语气词，句式对得很工整，堪称如出一辙。偶数三句诗就完全对不上了，一句一种句式。这样的例子，在楚骚中还可举出一些。这种情况，打破了一般诗歌只注意对应句（对偶句）句式变化的阵式，丰富了句式的变化，给人赏心悦目之感。

即使是语气词，诗人在运用中也避免了简单划一。比如“兮”字，这是楚骚中运用最多、代表楚骚象征的典型语气词，作者在使用时，并不只是置于句末，而是依据诗篇内容与诗人感情的不同需要，予以多变处理，或置于句末，或置于句中，如《离骚》中多居句末，《九歌》中多居句中，这样做的效果，增加了行文的错综美，使句式与韵律富有变化。

三、韵律美

诗人在韵律方面的精深造诣，也使我们后人感叹不已，这无疑倍添了楚骚的形式美。

我们不妨引证汤炳正先生在《屈赋语言的旋律美》一文中的论述，以对这一问题做一阐释：

---

① 汤炳正：《屈赋语言的旋律美》，《屈赋新探》，济南：齐鲁书社，1985 年，第 394—395 页。

屈赋在节奏上从统一中求错落的倾向，确实是极其显著的特征。尤其是在互相对称而又并列排比的句子上，更着意地在节奏上以变化错落取胜。如《怀沙》中“变白以为黑兮，倒上以为下”等八句，本来是以“白”与“黑”、“上”与“下”、“凤皇”与“鸡鹜”、“玉”与“石”、“党人”与“余”之间的是非关系对比成义的，但诗人却以不同的句型、多样的音响所构成的极其复杂的节奏，以抒写其义愤填膺的不平之气。又如《卜居》的前半，一连用了八个排句，都是以“宁……乎”“将……乎”的形式出现，但在内容上却是对偶与散句、长句与短句、联绵词与叠音词……交替出现，互相为用，达到了节奏变化之极致，它不仅把诗人的愤懑引向了高潮，而且也把屈赋的错落美推向了高峰。[①]

屈原作品中的“韵”在诗句中的位置变化多样，有首、尾韵，即第一句的首字与第三句的首字相押，第二句的句尾字与第四句的句尾字相押（计有23条之多）。如：

长太息兮将上，心低徊兮顾怀。
羌声色兮娱人，观者憺兮忘归。

（《九歌·东君》）

①汤炳正：《屈赋语言的旋律美》，《屈赋新探》，济南：齐鲁书社，1985年，第394—395页。

山峻高以蔽日兮，下幽晦以多雨。

霰雪纷其无垠兮，云霏霏而承宇。

（《涉江》）

有中、尾韵，即第一句句中之字与第三句句中之字相押，第二句句尾之字与第四句句尾之字相押（计有25条之多）。如：

启九辩与九歌兮，夏康娱以自纵。

不顾难以图后兮，五子用失乎家巷。

（《离骚》）

欲儃佪以干傺兮，恐重患而离尤。

欲高飞而远集兮，君罔谓汝何之。

（《惜诵》）

有“交叉韵”，即第一句句尾字与第三句句尾字互相为韵，第二句句尾字与第四句句尾字互相为韵（计有16条之多）。如：

心犹豫而狐疑兮，欲自适而不可。

凤皇既受诒兮，恐高辛之先我。

（《离骚》）

曾不知路之曲直兮，南指月与列星。

愿径逝而未得兮，魂识路之营营。

（《抽思》）

另外，屈原作品中的“转韵”与“换韵”也呈现出多样性。“转韵”指一篇之中由此韵转到与收音相近的另一韵，“换韵”指一篇之中由此韵换成与收音并不相近的另一韵；“转韵”属旋律上的渐变，“换韵”属旋律上的突变。《离骚》中的“转韵”，在音响上既和谐统一又有细微变化，由此形成韵律在几个固定音响极相近的韵部间盘旋，造成往复回环中深刻展示诗人忧郁徘徊情感色彩的效果。“换韵”一般表现感情的变化与起伏，由语言旋律的变化象征感情旋律的变化，《离骚》《九歌》《卜居》等诗中均有此类现象。“转韵”与“换韵”对篇幅较长的屈原作品尤为合适，充分展示了诗人丰富复杂的内心世界与感情变化，假如一韵到底，则不免使诗篇艺术效果打折扣了。[①]

楚骚的韵律美，大大增加了作品的艺术蕴涵与情感色彩，为楚骚的形式美增添了亮彩。

---

①汤炳正：《屈赋语言的旋律美》，《屈赋新探》，济南：齐鲁书社，1985 年。

第九讲　悲秋诗人宋玉

悲秋诗人宋玉

屈原作品在当时最显著、最直接的影响产物，应该说是诗人宋玉及其作品。宋玉与屈原几乎属于同一时代人，传说他是屈原的弟子，但并无确凿史料可以证明。《汉书·艺文志》只说宋玉有赋16篇，是楚人，与唐勒同时，生在屈原后，至于后多少年，没有说明。王逸《楚辞章句》说："宋玉者，屈原弟子也。"但《楚辞章句》一书出自东汉，距屈原与宋玉时代已数百年，所说证据为何，也未可知。《襄阳耆旧记》中说宋玉"始事屈原，原既放逐，求事楚友景差"，与景差为友较可信，而作为弟子事屈原恐难足信。

但不管怎么说，宋玉由于创作了《九辩》等作品，使他的文名(诗名)大振，在文学史上占有了一席之地，刘勰甚至将他与屈原相提并论："屈宋逸步，莫之能追。"(《文心雕龙·辨骚》)"屈平联藻于日月，宋玉交彩于风云。"(《文心雕龙·时序》)唐代大诗人杜甫也有佳句云:“窃攀屈宋宜方驾,恐与齐梁作后尘。”(《戏为六绝句》)可见,虽然事实上宋玉比起屈原要略逊一筹,但两人在诗歌的风格、成就上毕竟有可并论之处,这反映了宋玉的成就与地位不可低估。

宋玉留给后世最突出也最典型的代表作,是以《九辩》为代表的“悲秋”诗,他以《九辩》扬名于当世和后代,也因《九辩》中的“悲哉,秋之为气也”而被冠以“悲秋诗人”的雅称。

有关宋玉的生平,史料记载甚少,最早也最可靠的是司马迁《史记·屈原贾生列传》中的一段话:“屈原既死之后,楚有宋玉、唐勒、景差之徒者,皆好辞而以赋见称。然皆祖屈原之从容辞令,终莫敢直谏。”其他尚可见零星片段的还有韩婴《韩诗外传》、刘向《新序》、班固《汉书》、王逸《楚辞章句》、习凿齿《襄阳耆旧记》、郦道元《水经注》等。相比之下,司马迁的记载比较可信。司马迁告诉后人,屈原之后,在楚国出现了一个“好辞而以赋见称”的作家群,他们的创作显然是继承了屈原之余绪,成为屈骚之余响与和声,只是缺少屈原那样的精神与人格,所著作品回肠荡气之声匮乏,且“终莫敢直谏”。

综合上述各种资料可知,宋玉大体上是这样一个人物：出身低微，官职不高，颇有文人习气，是个好写辞赋的作家，因不受重用，屡遭挫折，很不得志，处境窘困，生活贫穷，最终成为失意的贫寒文士。

宋玉的作品，《汉书·艺文志·诗赋略》载有赋16篇，按不同出处，它们是：《九辩》《招魂》（以上见王逸《楚辞章句》）、《风赋》《高唐赋》《神女赋》《登徒子好色赋》《对楚王问》（以上见《昭明文选》）、《笛赋》《大言赋》《小言赋》《讽赋》《钓赋》《舞赋》（以上见《古文苑》）、《高唐对》《征咏赋》《郢中对》（以上见《广文选》）。严格地说，这16篇的可靠性很值得怀疑①。学界一致公认的宋玉作品只有1篇，即《九辩》，其余15篇，则或为宋玉，或为唐勒、景差，或为屈原，仁智互见，众说不一，我们不拟做考辨。不过，从宋玉作品中，我们所看到的是一位关心朝政、有理想抱负、对现实不满的抒情诗人，他的感情色彩的核心是“悲秋”——“摇落深知宋玉悲”（杜甫《咏怀古迹》），他是悲秋诗人的不祧之祖。

与宋玉同时的唐勒、景差的情况，除了上引司马迁《史记》中的一段话以外，其他史料尚不可见。1972年出

---

①1972年，山东临沂银雀山汉武帝时期墓葬出土唐勒赋残篇，为宋玉作品的可信性提供了一定的证据。

土的唐勒赋残篇虽提及唐勒与宋玉的辩论，表明唐勒与宋玉同时，却也未提供有关唐勒实质性的史料[①]；而景差，我们也只能从《襄阳耆旧记》中知道他与宋玉是朋友，从王逸《楚辞章句》中知道他可能曾作过《大招》（尚不能断定）。尽管如此，有一点是确信无疑的，即唐勒、景差与宋玉，都是屈原之后的效法者，他们唱出了楚辞的余响与和声，创制了一批辞赋作品（今大多已佚），在文学史上留下了印记。

我们有必要对宋玉的一些赋做一些说明。究竟《汉书·艺文志》所录宋玉赋的真伪如何，我们由于材料缺乏，无法断定，但宋玉曾作过赋，这些赋曾在文学史上产生过影响，却是事实。这里，我们不便做详尽考辨，只对宋玉几篇影响较大、具代表性的赋略作评述，以便更全面地认识宋玉其人及其成就。

应该承认，宋玉在文学史上实际扮演了一个承上启下的重要角色：他既是先秦诗的最后一位诗人——以其作品《九辩》宣告了先秦诗的结束，又是两汉赋的先声代表——以其创制的一系列赋作，开启了汉赋文学。[②] 刘勰《文心

①《汉书·艺文志》著录唐勒赋四篇，具体不详。

②且不论其真伪如何，总有部分作品可做代表。

雕龙·诠赋》说："宋玉《风》《钓》，爰锡名号，与诗画境……蔚成大国。"可见其对赋体文学做出过贡献，并提供了有益借鉴。具体来说，他的《高唐赋》将三峡自然景观及现象与神话传说相融合，创造了文学史上颇有影响的神女形象；他的《风赋》描绘风的情状细腻、形象、生动，活现了大自然风的传神之貌；他的《钓赋》具有强烈的讽刺意味，色彩鲜明，言辞激切；他的《登徒子好色赋》描画了美女形象，是《诗经·卫风·硕人》基础上的发展，且更具迷人魅力，为后世文人所仿效……这些赋作的创制，使宋玉的文学地位上升，他不仅可以凭其《九辩》一诗跻身楚辞作者前列（仅次于屈原），更可以其赋的创作与荀卿同为赋体文学的首创者，而其赋的成就要远大于荀卿，赋中所描绘的对象（包括自然现象、人物形象及语言等），对后世文学的影响也远胜于荀卿赋。

《九辩》的价值

作为宋玉主要代表作品的《九辩》，是宋玉身世际遇的自述，是他发自肺腑的歌唱，也是历代"悲秋"诗的开山之作，杜甫高度评价了这首诗，他在《咏怀古迹》（之二）中写了这样的诗句：

摇落深知宋玉悲，风流儒雅亦吾师。

这是对宋玉《九辩》的高度推崇，也是深切体悟宋玉身世际遇后的感喟。

我们试就《九辩》原诗做些评析，看它的丰富内涵与艺术特色。

全诗共有九节，与题目“九”字相合。“辩”者，王逸谓：“变也。”这说中了题名含义与诗旨：“九辩”，从音乐角度言，是九变，全曲九次变化；从内容上看，宋玉所要抒发的也是“变”，秋天之“变”、境遇之“变”、人心之“变”——作者的心灵随着旅途气候之变、联想自身境遇之变而产生了剧烈变化。《九辩》名称本身，应属远古乐调的遗存，《山海经·大荒西经》有云：夏后开“上三嫔于天，得《九辩》与《九歌》以下”。屈原《离骚》与《天问》中也分别提到了《九辩》：“启《九辩》与《九歌》兮，夏康娱以自纵。”“启棘宾商，《九辩》《九歌》。”从《九辩》全诗看，它无论在风格上还是情调上，都有《离骚》遗韵之感，即便句式与用语，许多也承袭了《离骚》(及《九章》)，不少句子与词汇是《离骚》(或《九章》)的套用与变换。但这样说，并非《九辩》自身就无个性特色了，恰恰相反，它既是《离骚》之余韵，又具有自己的独特旋律，尤其在表达士大夫凄怨情感、借秋日之气抒发自身不平际遇上，唱出了千百年来自成一格的“悲秋”之歌，成为流传千年、百世钦仰的绝唱。

且看最体现全诗主旨也最具艺术特色的首段——

悲哉，秋之为气也！
萧瑟兮草木摇落而变衰。
憭栗兮若在远行，
登山临水兮送将归。
泬寥兮天高而气清，
寂寥兮收潦而水清。
憯凄增欷兮薄寒之中人，
怆怳懭悢兮去故而就新。
坎廪兮贫士失职而志不平，
廓落兮羁旅而无友生，
惆怅兮而私自怜。
燕翩翩其辞归兮，蝉寂漠而无声。
雁廱廱而南游兮，鹍鸡啁哳而悲鸣。
独申旦而不寐兮，哀蟋蟀之宵征。
时亹亹而过中兮，蹇淹留而无成。

诗人在全诗一开首，便唱出了主旋律——全诗的核心佳句“悲哉，秋之为气也”，奏出了全诗的主题。清人王夫之誉此开首为“千古绝唱”，鲁迅先生赞其为“独绝”，秋景、秋思、秋的氛围，全在这悲秋的主调下烘托出来了——“萧瑟兮草木摇落而变衰”，眼前是一片肃杀景象。

诗人悲秋、叹秋，实在是借景抒情，透过悲凉、肃杀的秋景，读者所能体会到的是诗人的深深感喟——“坎廪兮贫士失职而志不平”。这才是诗人的肺腑之言，这才是诗人的内心吐露。由于失了官职，诗人在朝廷中无法立足，他郁愤不平，离乡出走，独游远方。随着季节的变化，他的心境随之而变，吐出了发自心底的感叹——“悲哉，秋之为气也!”这是不平之慨，也是因孤寂而抒怀，更多的则是对社会、对现实的不满与伤感。朱熹对宋玉此段诗有一番较精辟的分析：

> 秋者，一岁之运，盛极而衰，肃杀寒凉，阴气用事，草木零落，百物凋悴之时，有似叔世危邦，主昏政乱，贤智屏绌，奸凶得志，民贫财匮，不复振起之象，是以忠臣志士、遭谗放逐者，感事兴怀，尤切悲叹也。
>
> （《楚辞集注》卷六）

毫无疑问，朱熹这是指出宋玉运用了比兴象征手法，以暮秋景色表现时事黑暗、国运衰败，从而衬托出诗人自身的感怀与情感。从整段诗看，诗人除了运用象征、比兴、烘托手法，以秋景渲染突出悲秋气氛，进而衬托悲秋感慨外，还在诗歌的语言句式上下了功夫。句式自由多变，参差错落，语言富有节奏感，整段诗读上去，既富色彩感，又具抑扬顿挫感，仿佛萧瑟灰黄的悲凉秋景伴之以沉缓低回的悲秋旋律，给人以无限惆怅之感。季节之秋与人生之秋在此达到了浑然一体的融合，极好地做到了互相映衬、互为观照。

《九辩》一诗的主要篇幅，在于叙述与表现国政腐败、田园荒芜、百姓困苦，诗人对此深为忧虑，他叹息、愤慨、揭露、鞭挞，笔端充满了矛盾与愁闷。诗章展示在读者眼前的，是一幅王朝没落衰亡的图画，诗人感慨万端，愁绪不尽，却心有余而力不足，只能剖白自己的心志：

悼余生之不时兮，逢此世之狂攘。

……

何时俗之工巧兮，背绳墨而改错！

却骐骥而不乘兮，策驽骀而取路。

……

处浊世而显荣兮，非余心之所乐。

与其无义而有名兮，宁穷处而守高。

食不偷而为饱兮，衣不苟而为温。

窃慕诗人之遗风兮，愿托志乎素餐。

很显然，诗人的悲秋呐喊，与国家及社会现实紧紧相联系，他的哀叹与忧虑，不是无病呻吟，不是悲天悯人，而是一位有良心、有社会责任感的士大夫发自内心的悲歌，但是因无力挽救厄运与颓势，只能空发悲慨，借悲秋以抒怀。

全诗的结尾一反写实笔法，仿《离骚》大手笔，从地上到了天空："原赐不肖之躯而别离兮，放游志乎云中。"于是，乘精气、骛诸神、骖白霓，云旗委蛇，屯骑容容——此乃诗人展开想象的翅膀，憧憬美好的未来；只是，最终还是落到了"皇天""君主"，未能越出屈原《离骚》之辙："赖皇天之厚德兮，还及君之无恙。"

不过，无论如何，《九辩》的价值是无可争议的，它在文学史上的地位与影响也不可抹杀。它是继《离骚》之后中国诗坛上又一篇杰出的抒情长诗，是先秦时代辞赋作品的代表作之一。它的"悲秋"题旨，开后世诗坛"悲秋"风气之先，后世文人自此以"悲秋"作为抒发个人不遇、排遣郁闷情怀的手段与内容。自《九辩》后，诗人们相率以"悲秋"题旨创作，历代不绝——汉武帝有《秋风辞》，曹植有

《秋思》，曹丕有《燕歌行》，何瑾有《悲秋夜》，潘岳有《秋兴》，陆机有《感时赋》，等等，唐时更有大诗人杜甫、李白、李商隐等直接咏宋玉之诗。宋玉的“悲秋”，几乎成了历代文人穷愁不遇之际寄情的最好题旨（甚至包括一些帝王君主），其影响之深远，令人慨叹。

值得总结的是，虽然宋玉之前，《诗经》与屈原作品中也曾出现过秋的图画与意象，但他（它）们均未形成秋即悲的季节意识，感秋还仅是单一的情感触动——草木零落恐年老、情绪不佳觉秋容、风摇草木悲物损，而不是整体上由秋唤起人内心复杂的悲伤情绪。只有到了宋玉，在他的《九辩》中，才将秋与悲形成了整体心理对应，使文人笔下之秋不是一种自然景象与季节，而成了人生的一种感喟，能唤起人复杂的难以名状的恐惧、忧伤与悲哀。这便大大推进了人类情绪与自然景象的交流，同时使大自然获得了更丰厚的人类感情色彩，更具有了审美意蕴与审美价值。[①]这是宋玉的历史性贡献，也是《九辩》价值的重要体现。

①赵明：《先秦大文学史》，长春：吉林大学出版社，1993 年，第 524—525 页。

第十讲　回声与承传

回声——汉代拟骚诗

屈原作品问世以后，影响所至，不仅同时代的宋玉、唐勒、景差等相率仿之，且诞生了一批拟骚诗，它们仿拟楚辞，而又不同于楚辞，成为两汉文坛上少见的文人诗歌中的重要组成部分。①

从现存资料可知，两汉时期(尤其是西汉)一批较有影响的文人多有拟骚诗问世，如贾谊《惜誓》、淮南小山《招隐士》、东方朔《七谏》、严忌《哀时命》、王褒《九怀》、刘向《九叹》、王逸《九思》(以上据王逸《楚辞章句》)，以及贾谊《吊屈原赋》《鹏鸟赋》(以上据朱熹《楚辞集注》)，扬雄《反离骚》《广骚》《畔牢愁》(以上据《汉书·扬雄传》)。

拟骚诗何以会在汉代产生？首先在于创制者感伤屈原

① 两汉时期文人诗总体上不景气，诗坛上除乐府民歌外，其他均不突出，这同文人们大多去创制赋有关系。

的身世际遇，敬慕他的人格美德。汉代离屈原时代时间上最近(除秦朝)，屈原的影响未泯，汉代人自然会有触动。《史记·屈原贾生列传》云："自屈原沉汨罗后百有余年，汉有贾生，为长沙王太傅，过湘水，投书以吊屈原。"贾谊之所以会感伤屈原，一则有与屈原相似的贬职流放的遭遇，另则乃同情悯伤屈原，以此感慨自身，于是便写下了《吊屈原赋》，其形式几乎全仿骚体诗，故清人程廷祚说："……故其见于文也，声多类骚，有屈氏之遗风。"(《骚赋论》)除贾谊外，其他一些汉代写拟骚诗的文人，创作动机也多与"悯伤屈原""章其志"有关。如淮南小山"悯伤屈原……故作《招隐士》之赋，以章其志也"；东方朔"追悯屈原，故作此辞(《七谏》)，以述其志"；严忌"哀屈原受性忠贞，不遭明君而遇暗世，斐然作辞，叹而述之"；刘向"追念屈原忠信之节"；王逸"读《楚辞》而伤愍屈原，故为之作解"。(均据王逸《楚辞章句》)

其次，拟骚诗的产生与兴盛，与屈骚高超绝伦的艺术技巧与风格有密切关系。文学史上常有这样的现象：一代文坛上出现了某种文体或文学样式的创作高潮，其缘由，除历史与社会因素外，相当程度上与前代或当代文坛上某一著名作家创造了一种新的具有巨大艺术魅力的文学样式有关。屈原创作《离骚》即是这方面的一个典型，因而，它问世之后风靡文坛，波及后世，引得后代一大批文人相率模拟，也就十分自然了。即便指斥、反对屈原的东汉人班固，一方面说屈原“露才扬己”，一方面也不得不承认：“然其文弘博丽雅，为辞赋宗，后世莫不斟酌其英华，则象其从容。”(《离骚序》)可见屈原作品魅力之大。正因为此，“名儒博达之士，著造词赋，莫不拟则其仪表，祖式其模范，取其要妙，窃其华藻。所谓金相玉质，百世无匹，名垂罔极，永不刊灭者矣”(王逸《楚辞章句》)。可见，艺术特色与风格魅力是导致产生汉代拟骚诗的又一重要原因。只是“青出于蓝”未必“胜于蓝”，除个别篇(贾谊《吊屈原赋》、淮南小山《招隐士》)外，大多拟骚诗的艺术价值均不高，与所模拟对象——屈骚本身不可同日而语，这是我们不得不指出的。

当然，汉代拟骚诗的产生与兴盛，并非单由屈原其人及其作品影响所致，它还包括了汉代特殊的社会条件、汉代统治者的喜好以及自汉而始的尊儒崇经风气等因素，但不可否认，西汉初期涌现的拟骚诗，无论如何乃楚辞的余响或和声——这是毋庸置疑的。

另外，从楚辞影响角度看，自战国末期萌芽而于汉代大兴的赋，相当程度上也与楚辞有一定关系。赋这种文体形式，与楚辞中的一些艺术表现手法有着相似之处，两者之间有着一定的渊源继承关系，故而刘勰《文心雕龙·诠赋》谓："然则赋也者，受命于诗人，而拓宇于楚辞也。"章学诚《汉志诗赋第十五》说："古之赋家者流，原本诗骚，出入战国诸子。"程廷祚《骚赋论》说："盖风、雅、颂之再变而后有《离骚》，骚之体流而成赋。赋也者，体类于骚而义取乎诗者也。"大约正由于此，汉代人便将楚辞也称作赋[①]，从而使辞、赋在汉代合二为一。其实这是一种误解，辞与赋既有共同之处，也有区别之处，两者严格来说分属不同文体，对此，历代学者多有述及，此处不赘[②]。

不过，实事求是地说，楚辞的影响确实不小，作为汉代一大文体的赋，虽说不直接源于楚辞，但作为赋直接源体的荀卿赋与宋玉赋，尤其宋玉赋，与楚辞有着密切关系，而由宋玉赋延续发展的两汉大小赋，则无疑是楚辞余响与和声之直接延伸。

真与奇的承传——《诗经》与楚辞

文学史上，从《诗经》的"写真"，到屈原及宋玉等人

---

①司马迁谓宋玉等人"皆好辞而以赋见称"(《史记·屈原贾生列传》)，班固《汉书·艺文志》冠屈原作品名为"屈原赋"。

②徐志啸：《赋说》，《历代赋论辑要》附录，上海：复旦大学出版社，1991年。

的“展奇”，并非突如其来的急剧转折，其间实际上有个承传衍变的过程，这个过程虽然并不以时间与渐变形式展示，它展现在后世读者面前的，是这种承传衍变的结果，但人们还是能从作为结果的表现形式——楚辞的形体中辨出其痕迹。

其实楚辞作品并非纯属“奇”的内涵与形式，它也包括了“真”，且这种“真”既有屈原个人人格与精神的真诚吐露与表白，也有作品表现形式的成分。具体来说，屈原在《离骚》中一而再，再而三地对君主剖露内心，试图改革楚政并进而实现美政理想，则足见他真实心态的揭示，只是这种“真”，被诗中浪漫化的上天、入地、求女之“奇”“包装”了，以致显得整首诗在整体风格上尽是“展奇”了。实际上，屈原的内心完全是“真”的，否则，篇末的“从彭咸之所居”岂非一句空话？从屈原作品的表现形式看，也是如此，他虽有像《离骚》《天问》《九歌》《招魂》那样充满奇谲色彩的浪漫之作，却同时也有近乎写实的《九章》，它记录了他的生平事迹与身世际遇。因此，我们在分别阐述《诗经》的“写真”与楚辞的“展奇”时，并非绝对地将两者对立地分割，而只是就两者的主导倾向而言，对两者的承传一面，则必须实事求是指出，它们是相沿相承的。

这里，我们不妨具体看一下楚辞承续《诗经》的情况，并从中一窥其衍变。

《诗经》以四言为主体，楚辞虽总体上为长短参差句式，却也有四字句为主的诗篇，如《橘颂》《天问》《大招》《九歌·礼魂》等。

《诗经》中的一些语助词，如“兮”“只”“些”“也”“止”等，楚辞中大多袭用，且以“兮”字为多。

《诗经》中的不少语词，为楚辞所化用，成为楚辞内容的组成部分①。如：《小雅·正月》：“哀此茕独”，《离骚》：“夫何茕独而不予听”；《鲁颂·閟宫》：“奄有下土”，《离骚》：“苟得用此下土”；《秦风·终南》：“佩玉将将”，《九歌·东皇太一》：“璆锵鸣兮琳琅”；《郑风·出其东门》：“有女如云”，《九歌·湘夫人》：“灵之来兮如云”；《秦风·车辚》：“有车辚辚”，《九歌·大司命》：“乘龙兮辚辚”；《小雅·湛露》：“匪阳不晞”，《九歌·少司命》：“晞女发兮阳之阿”；《小雅·大东》：“维北有斗，不可以挹酒浆”，《九歌·东君》：“援北斗兮酌桂浆”；《卫风·硕人》：“巧笑倩兮，美目盼兮”，《九歌·山鬼》：“既含睇兮又宜笑”；等等。

---

① 当然，以下所举之例，并非绝对断言，但那么多例子本身，至少能说明有相沿承袭之迹。

《诗经》中少数反映南方楚地的诗篇，如《周南·汉广》《周南·汝坟》《召南·江有汜》《小雅·四月》《大雅·江汉》等，它们或记载了楚的历史与风俗，或叙述了楚与北方的战争，虽难以说明《诗经》与楚辞的直接关系，却多少透露了北方文学中的南方成分，显出南北文化交融的一面。

由此，我们可以清楚地看出，屈原的“奇”中实在有着《诗经》“真”的因子，不光是行文风格，更包括具体语词的影响，这充分反映了楚辞与《诗经》作为先秦诗的两个重要组成部分，既各有其鲜明的风格特色，又有着内在的关联影响关系，后者（楚辞）承继了前者（《诗经》），又在前者的基础上有所升华衍变，从而导致了新的诗体、新的风格的产生。

为什么同在先秦时代，同作为文学作品的诗歌，却会由《诗经》的“真”，转向了《楚辞》的“奇”？这是个颇耐人寻味的有趣问题。概括起来看，大约有以下几方面原因：

第一，首先是地理条件因素。《诗经》基本上产生于北方（少数例外），北方的水土养育了人民的质朴，相当程度上制约了其歌唱和风格特色——皆以“真”显世。加上《诗经》大多为民歌，采自民间（尤其十五国风），即便像“雅”“颂”那样的作品，也大多用于宫廷乐舞和宗庙祭祀，其庄重、典雅色彩，决定了它们基本上不可能出“奇”。而楚辞则不同了，它的诞生地在南方，长江流域水土养育的子民多清慧爱美、想象力丰富，奇丽的山川触发了他们的文思，使得他们的表达远较北方人民浪漫、奇特，加上屈原本人具有天赋之才，他在楚地民风、民歌基础上加以艺术发挥，更使原本带有奇谲色泽的民歌、民谣，插上了“奇”翅，构成了以“奇”为风格特色的楚辞篇章。

第二，战国时代较之西周春秋时代，纵横好辩风气更甚，这对于屈原的创作无疑产生了重大影响。战国时代，七雄并峙，各国君主为自身势力的扩展需要，养了一批谋策之士，他们能言善辩，巧舌如簧，滔滔不绝的辩论，往往能给君主带来利益，这些纵横家对后来合纵、连横的形成起了一定作用。而屈原作为楚怀王手下的一个亲信，也是“娴于辞令”，且曾出使齐国，主张联齐抗秦，他陈说国策大计，也一定是滔滔不绝的，这就导致了他的作品，不可能像《诗经》那样短章小制、四言为句，而只能是参差长短的杂言句式和一泻千里的长篇大章(如《离骚》)。这当中，起决定作用的有两点：一是四言为主的句式与重章叠句的章式，无法表达和容纳屈原奔涌的文思和澎湃的激情，他在多次受到排挤、离疏后，心中郁闷之情如火山爆发般需要倾泻，那短小而又受拘囿的四言小诗，如何能承载？因而，要么不下笔，一下笔必定如长江大河，奔腾而下，一泻千里，势不可当——《离骚》《天问》就是这样的结晶。也因此奔泻不止的激情，才产生了迥异于《诗经》的“奇”，问世了以《离骚》为代表的楚辞。

当然，这里还有受先秦诸子散文影响而形成的“散文化”因子，这与上述纵横家辩论风格可以并观，并不矛盾。

第三，以“展奇”风格表达情感和志向，也是屈原有意识运用的一个手法。屈原是忠君的，即便在多次受打击、被放逐的情况下，他仍不改忠君初衷，对怀王、顷襄王充满了希望，希冀他们能有所认识，有所醒悟，听从他的劝告，重新起用他，远小人，近贤臣，举贤授能，重整楚纲。正因为此，他对君主发泄怨情，只会曲折表达，不可能大胆直露，因而求女的设想，香花美草的比喻，便成了最好的表述手法——与其说屈原运用比兴手法是继承《诗经》的风格传统，倒不如说这样做是他的实际需要，或出于不得已。可以想象，屈原写《离骚》《天问》，并不是为创作而创作，他的目的终究也还是为了“陈情”“谏议”——让君主了解他，希望君主有朝一日能醒悟；实在到了无可奈何地步了，他也决不背叛君主，而是选择了毁灭自己的道路：一则向世人彻底剖露自己的纯洁与清白，二则试图以死为谏，最后向君主发出警醒信号。

可以说，屈原是承继了《诗经》的“真”，在此基础上保留了“真”的内核，并以“奇”的外形予以展示，其效果则是以“奇”显“真”“真”愈真。几乎没有任何读者会因为屈原作品的“奇”，而怀疑甚而否定他内心的“真”、人格的“真”。

“真”与“奇”的承传衍变，在屈原手中得到了极为完美的体现[①]，屈原的的确确为中国文学史和中国诗歌史掀开了前所未有的崭新一页——从真走向了真与奇的高度融合。

---

①这当中还应包括宋玉。